O PINTOR DEBAIXO DO LAVA-LOIÇAS

AFONSO CRUZ

O PINTOR DEBAIXO DO LAVA-LOIÇAS

Peirópolis

Para ler esta obra com mais autonomia, consulte os conteúdos complementares acessando o QR code ou <www.editorapeiropolis.com.br/opintordebaixodolavaloicas>.

Prefácio
por Susana Ventura

O livro que você tem em mãos é de um artista português que se expressa de muitas formas e em diferentes suportes: ele ilustra, pinta, escreve e é também músico. Afonso Cruz tem o perfil de uma boa parte dos novos criadores de livros que interessam aos jovens nestes nossos tempos, porque o que ele tem a dizer não cabe numa só maneira de expressão.

Mas o que temos nós, vivendo no Brasil do século XXI, a ver com um pintor dormindo embaixo de uma pia no litoral de Portugal na década de 1940? Mais do que parece à primeira vista, porque O pintor debaixo do lava-loiças é um livro sobre um mundo em transformação – como, aliás, sempre se parece o mundo no tempo que nos toca viver nele.

As grandes mudanças que acontecem ao protagonista Jozef Sors começam nos anos imediatamente anteriores ao início da Primeira Guerra Mundial, num país não nomeado – que, pelas indicações do texto, fica no Leste Europeu.

Jozef, nascido em 1895, chega à idade adulta quando o conflito se inicia. São grandes as mudanças, externas a ele, mas também as modificações internas têm papel primordial na narrativa. A vida se mostra difícil, rica e variada para Sors, que se muda constantemente, levado por forças bem concretas: a guerra, o desamor, a perda daqueles que ama. Mas, dentro dessa realidade de deambulação, ele também realiza escolhas que o levam cada vez mais para longe do seu país de origem, dos seus próximos e de si mesmo. Até o momento em que tudo pode se reverter.

Esta obra é também uma versão juvenil do romance de formação, que é aquele que fala da jornada de um só indivíduo, homem ou mulher, levando-nos a refletir sobre o sentido daquela existência; e assim, por transferência, pensar sobre a nossa própria trajetória. Seguir os passos de Jozef Sors nos faz pensar na nossa própria caminhada, como os teóricos apontam que é o papel do romance desde que se tornou uma forma literária popular, por volta de 1850.

O que aconteceu à Europa nas primeiras décadas do século XX – duas grandes guerras mundiais – é a base sobre a qual se constrói a narrativa. Vale lembrar que as circunstâncias narradas em *O pintor debaixo do lava-loiças* mudaram a face do mundo em geral, desencadeando uma grande onda migratória. A imigração para os Estados Unidos da América, realizada por algumas das personagens, faz parte do mesmo movimento migratório que transformou a face do Brasil nas quatro primeiras décadas do século passado.

As migrações continuam hoje, são tema dos noticiários e notadas nas ruas das cidades grandes e médias do nosso país. Mudaram os nomes dos conflitos, mas quase nada mais é diferente. As pessoas continuam a se mover em fuga, em busca de melhores condições de vida, atrás da felicidade ou, mais concretamente, em busca de pessoas queridas que partiram do mesmo lugar em tempos diferentes e que, por isso, se perderam de vista.

A narrativa mostra com grande sensibilidade as tensões entre o coletivo a que todos estamos sujeitos, que compreende crises e conflitos, e o individual, no qual enfrentamos os mesmos dramas humanos século após século: compreender o mundo de um modo ou de outro, ter ou não a capacidade de enfrentar a vida de maneira corajosa, amar muitas vezes sem sermos amados.

Jozef Sors e sua grande jornada estão agora à sua espera. Você vai ao encontro deles?

Susana Ventura

Professora de Literaturas de Língua Portuguesa e leitora apaixonada

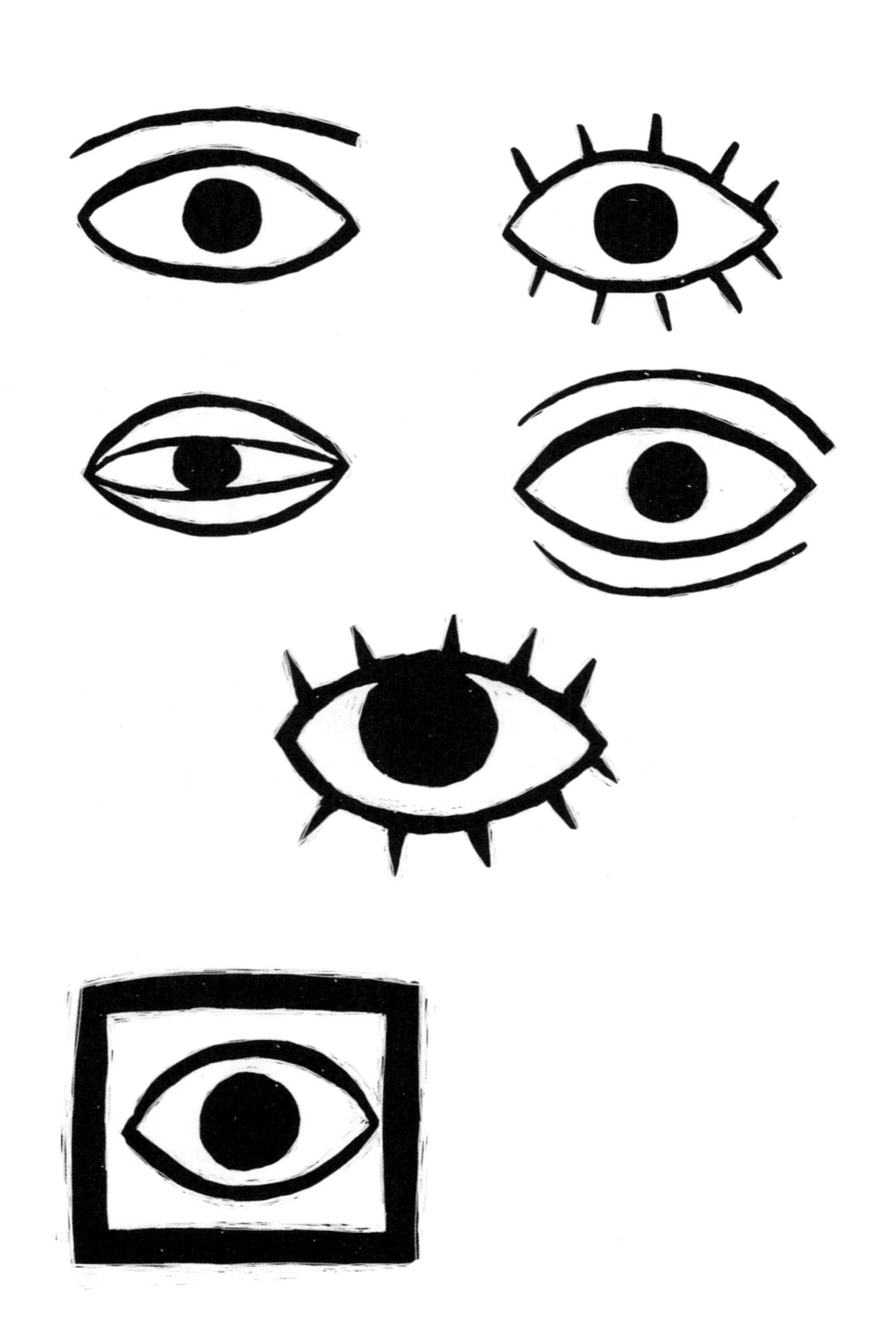

INTRODUÇÃO

Enquanto a água se pode guardar em garrafas, as histórias não podem ser engarrafadas sem que se estraguem rapidamente. Têm de andar ao ar livre como os animais selvagens. Temos de as soltar para que possam correr todas nuas.

Sors nasceu em 23 de novembro de 1895. Foi ele quem, em 1940, pintou o quadro que está pendurado na entrada de uma casa da rua do Alto da Fonte, na Figueira da Foz. Essa entrada é um espaço relativamente pequeno, com uma arca de madeira do lado direito, mesmo por baixo do quadro pintado por Sors. Em frente há um relógio de pé, um móvel de canto e o bengaleiro feito de metade de uma hélice. Há uma serra de peixe-serra na parede do lado esquerdo, estatuetas africanas, quadros, bengalas, lanças indígenas, máscaras, objetos indecifráveis, pratos pintados. Em cima da arca há algumas presas de elefante e um dente de hipopótamo. O dente, propriamente dito, é grande, mas a raiz é muito maior. Muito da eficiência daquilo que fazemos, daquilo que mastigamos, depende sobretudo do que não se vê. Das raízes. É por isso que estou a contar esta história. Porque são as coisas que estão dentro de nós e em que ninguém repara quando nos olha. Temos uma paisagem muito grande que não se vê, a menos que nos debrucemos para dentro e mostremos aquilo de que nos lembramos. Nada é tão forte como as coisas que não se veem, como as raízes do dente do Behemot. Como um pintor debaixo de um lava-loiças.

O LIVRO DOS OLHOS ACESOS

ATIRAVAM-NOS AO AR E APANHAVAM-NOS

Todos os jardins da nossa infância são o jardim do paraíso. A pele suave desses tempos em que se corria com as pernas arqueadas soltando uma espécie de luz pela respiração. Ríamos a correr para os braços dos adultos numa entrega absoluta. Eles, os adultos, atiravam-nos ao ar e apanhavam-nos com mãos ásperas, e, talvez por isso, quando crescemos nunca mais deixamos de, esporadicamente, sonhar que voamos. E de sonhar com gigantes e anões, pois eram essas as nossas proporções.

Jozef Sors nasceu numa grande casa onde os seus pais trabalhavam. A propriedade pertencia a um coronel do exército chamado Möller. Nas traseiras havia um grande jardim cheio de flores, cercado por um muro alto, todo em pedra.

A mãe de Jozef Sors era engomadeira e o pai era mordomo. Enquanto a mãe era uma figura sem protagonismo, baixa e simpática, com maçãs do rosto salientes, o pai era um homem muito especial. Não havia ninguém tão sincero quanto ele. Ignorava por completo qualquer civilidade e dizia exatamente o que sentia e via. Quando o filho nasceu, mal a parteira lhe havia cortado o cordão umbilical, exclamou: parece um rato! A parteira, que se chamava Marija, olhou-o de lado e mandou-o sair, mas o mordomo quis pegar-lhe ao colo. Estava enternecido e chegou mesmo a passar a mão pelos olhos para os limpar. Os seus braços enormes faziam com que o recém-nascido parecesse ainda mais pequeno. Parece mesmo um rato, dizia ele enquanto lhe acariciava a bochecha com o indicador da mão direita. A senhora Sors sorria de cansaço, com as maçãs do rosto maiores do que era habitual. Marija tirou o bebê das mãos do mordomo e pô-lo nos braços da mãe para que ele mamasse. Quando o bebê adormeceu, Marija comentou que era um belo rapaz, forte como a água do mar e saudável como a água da chuva. O olho esquerdo, que parecia uma lua minguante, revelava que iria ser um artista.

— Como os do circo? — perguntou o mordomo.

— Não, como os outros.

A senhora Sors começou a soluçar quando ouviu isto, pois não há nada mais triste do que ser um artista e olhar para o mundo como se o visse pela primeira vez.

— Quem lhe disse isso? — perguntou a parteira.

— Foi um amigo do coronel. Um escultor que veio um dia cá a casa.

— Parece-me uma grande felicidade que, quando se olhe para o mundo, pareça sempre que é a primeira vez que o fazemos.

— É uma grande tristeza. — disse ela a soluçar. — É a maior infelicidade. Eu, quando olho para as coisas, quero que elas me sejam familiares, como o meu tio e o meu marido, como o pão que se come às refeições. Quero deitar-me sempre com o mesmo homem, com os mesmos lábios. Quero que os lençóis de hoje me pareçam os lençóis de ontem, mesmo que os bordados sejam completamente diferentes. Não quero que os beijos que recebo sejam novos, quero que sejam velhos, quero que sejam os de sempre. Não me quero sobressaltar como quando era jovem. Uma pessoa só pode ter paz quando está ao pé das mesmas coisas, quando nem repara nelas, porque elas já fazem parte de si, como se as tivesse comido e mastigado e engolido e agora fossem carne da sua carne e sangue do seu sangue. Só somos felizes quando já não sentimos os sapatos nos pés.

E ao dizer isso adormeceu.

TODOS OS HOMENS TÊM TRÊS ESTÔMAGOS

O dono da casa, o coronel Möller, era um homem sensível, capaz de admirar flores, e não raras vezes colhia algumas e punha-as no cabelo, ou atrás da orelha. Era imponente, sem ser alto, com um bigode que lhe chegava ao pescoço e com uma grande quantidade de pelos no nariz. Sabia ser autoritário, e nem outra coisa se poderia esperar de um oficial do exército, mas também sabia ser misericordioso, que era, aliás, o seu estado natural. No dia seguinte ao nascimento de Jozef Sors, o coronel entrou, com o seu filho ao colo, no quarto da engomadeira. Wilhelm, que tinha pouco menos de um ano, agarrava os bigodes do pai. O coronel felicitou a senhora Sors.

— Os nossos filhos estudarão juntos — disse o coronel. — Já falei com o meu amigo Fischmann, cujo sobrinho, um jovem literato que começou agora a sua carreira de gramático, aceitou ser preceptor de ambos os rapazes.

A senhora Sors agradeceu.

— Havel Kopecky, o sobrinho do meu amigo, é

um jovem muito atento ao que se passa no mundo. Ainda hoje me contou que um físico alemão chamado Röntgen descobriu uns raios que permitem ver o interior das coisas. Imagine, senhora Sors, qualquer dia, graças aos raios de Röntgen poderemos ver o interior do homem.

— A alma? — perguntou a senhora Sors.

— Completamente nua. Um dia poderemos imprimir a alma numa chapa de chumbo. Mas acho que, por enquanto, vamos apenas poder ver imagens dos nossos ossos.

— Parece-me horrível, haverá quem queira ver isso?

— Ha, ha, ha — riu o coronel. — Tem toda a razão, senhora Sors. Que imagem mais sinistra essa, de ver o aspecto que teremos depois de sete anos dentro de um caixão. Mas é importante, é assim que a medicina evolui e é por isso que pensamos na vida: porque se contempla a morte. Ver coisas que vulgarmente não vemos tem gradações de repulsa ou fascínio. Há um certo pudor quando se vê o que está debaixo das roupas, e, quando vemos ainda mais fundo, sentimos a vertigem do enjoo, do nojo. Desmaiamos quando vemos sangue. Não há visão mais terrível que a do interior do homem, seja anatomicamente, seja moralmente.

— Então é bom?

— É terrível, mas é útil. Enfim, isto servia apenas para dizer como tenho em grande estima o futuro preceptor dos nossos filhos. Tenho andado na biblioteca a escolher alguns livros que considero imprescindíveis para a educação de uma criança.

— As crianças precisam é de comer — disse o mordomo, que acabara de entrar. — Para crescerem fortes.

Wilhelm agitou-se ao colo do pai. O coronel fê-lo encostar a cabeça ao ombro. Wilhelm ficava sempre ligeiramente agitado quando via o mordomo.

— Há muitos tipos de comida — disse o coronel Möller enquanto abanava o filho. — Um homem possui três estômagos: um na barriga, outro no peito e outro na cabeça. O da barriga, toda a gente sabe para que serve; o do peito mastiga a respiração, que é a nossa comida mais urgente. Uma pessoa morre sem ar muito mais depressa do que sem água e pão. E por fim há o estômago da cabeça, que se alimenta de palavras e de letras. Os primeiros dois estômagos do homem alimentam-se através da boca e do nariz, ao passo que o terceiro estômago se alimenta principalmente através dos olhos e dos ouvidos, apesar de usar tudo o resto de um modo mais sutil.

— Para mim — disse o mordomo —, as palavras são uma grande palermice.

O PONTO, A RETA E A CIRCUNFERÊNCIA

Quando Jozef fez quatro anos, Havel Kopecky começou a educar os dois rapazes. Lia-lhes textos clássicos sem se preocupar com a idade deles. Quem é que não entende Sêneca?, interrogava-se Kopecky. Wilhelm, apesar de ser um ano mais velho do que Jozef Sors, demorou mais tempo a aprender a ler. Mas, em compensação, era capaz de cumprimentar o pai em esperanto, em francês e em latim. O coronel Möller ficava comovido e respondia: *mi amas vin*, que queria dizer isso mesmo, que estava comovido, mas dito na língua de Zamenhof.

Porque a senhora Sors era uma mulher muito pequena, ao contrário do mordomo, que era muito alto, Jozef escreveu a história de amor dos seus pais, uma história que cativou Kopecky, acima de tudo pela expressão dos desenhos:

A minha mãe é tão pequena que, vista de longe, parece um pontinho

e o meu pai é tão alto que, visto de longe, parece uma linha, um risco de lápis.

Mas vistos de perto são como toda a gente, têm braços, pernas, nariz e chapéu.

Quando se querem beijar demoram muitos dias, pois o meu pai tem de se baixar desde as nuvens até ao chão e isso demora muito, especialmente para quem sofre das costas. A chuva consegue fazê-lo com rapidez, mas não tem costas.

Porém, quando eu olho para eles, são quase da mesma altura. Para mim é evidente: o amor aproxima as pessoas e ficamos todos do mesmo tamanho.

***

De fato, a senhora Sors era um pouco baixa, talvez até mais baixa do que a sua própria estatura. Também era roliça e sorria constantemente. Jozef Sors era muito mimado por ela, que, enternecida, lhe fazia todas as vontades.

Desde que aprendera a pegar num lápis, Jozef não fazia outra coisa senão desenhar. Passava horas em frente de papel pardo, papel de embrulho que a mãe lhe dava, a rabiscar casas, flores e céus. Mas também desenhava noutros suportes, nas paredes, na terra, e, pode afirmar-se, os pensamentos dele eram desenhos. Era a sua maneira de estar na vida, a sua maneira de crescer.

A primeira coisa que Jozef Sors desenhou foi uma circunferência, pois a primeira coisa que se desenha é uma circunferência. É a forma mais natural, aquela que pode conter tudo. É o útero de todas as formas. Dizem que um homem vendado, se lhe pedirem para caminhar em linha reta, anda em círculos. Porque é que o homem anda em círculos quando fecha os olhos? É um mistério: mas o homem de olhos fechados caminha para dentro. E o tempo também se dobra, também não anda a direito. O tempo é como um homem de olhos fechados. No fundo anda tudo aos círculos, desde as recordações às histórias. Tudo acaba por se dobrar, um dia. Sors ainda era demasiado novo para reparar que não há linhas retas na natureza. Retas perfeitas não há. É tudo arredondado e anda tudo à volta de tudo. Os homens são obcecados por retas: por prédios muito direitos, por réguas, por coisas que não são nada naturais. E essas coisas só aparentemente é que são direitas, como se pode verificar ao microscópio. Mas os homens são tão obcecados por linhas retas que chegam a usar a palavra direito para leis, para aquilo que é certo. O que é certo é reto. É assim em tantas línguas que prova uma inclinação comum: a reta é o Bem e a curva é o Mal. Mas Sors era ainda muito novo para pensar nestas coisas e desenhava circunferências, umas atrás das outras. Só mais tarde é que começou a desenhar retas.

E assim a infância foi-se dissolvendo pelos anos até aparecerem uns pelos por cima do lábio superior.

AS PAREDES SERVEM PARA PENDURAR A CULTURA

Quando Havel Kopecky entrava na casa do coronel Möller, o mordomo costumava exclamar ao abrir a porta: que cheiro a chucrute!

Era precisamente devido a essa peculiaridade do seu caráter, a essa falta de convenções sociais, que o coronel Möller apreciava o mordomo. Tinha a seu lado algo que todos os reis, imperadores, faraós e czares cobiçam: um homem perfeitamente sincero que diz exatamente o que pensa, sem qualquer consideração pelas normas sociais, sem a mais pequena parcela de diplomacia.

O mordomo possuía uma outra característica assinalável, uma inclinação do seu caráter que o coronel também sabia apreciar: abominava armas e sempre que via uma tinha vontade de a destruir. Quando Havel Kopecky mostrou ao coronel a sua bengala com um espigão (para se defender dos cães, dizia ele), o mordomo arrancou-lha das mãos e partiu-a em dois com a ajuda do joelho. O próprio coronel, embora

tivesse lidado com armas a vida toda, tinha o mesmo sentimento de repulsa que o seu mordomo. Mas, apesar de lhes atribuir alguma capacidade para corromper almas relativamente bondosas, achava-as essenciais e dizia até serem a elevação do homem, a correção do fato de nascermos sem qualquer capacidade para nos defendermos. Os nossos caninos são uns dentes vergonhosos incapazes de servir para outra coisa que não seja comer e caírem como maçãs podres quando chegamos a velhos. Qualquer rato tem dentes mais eficientes enquanto arma de defesa ou ataque. E as nossas unhas não servem senão para tocar guitarra.

Quando o coronel viu a bengala de Kopecky partida, repreendeu o mordomo e pediu desculpas ao preceptor.

— Mil perdões, caro Kopecky, mil perdões.

Foi o próprio coronel Möller que apanhou os dois bocados da bengala enquanto sorria discretamente para o mordomo (fizeste bem, dizia o seu sorriso). Kopecky estava tão nervoso a olhar para a sua bengala partida que teve um ataque de choro. Caiu no chão agarrado aos cabelos, que eram longos e sedosos, soluçando compulsivamente. O coronel agarrou-o pelos ombros e sentou-o no sofá. Pediu um chá à criada e, olhando Kopecky nos olhos, ordenou-lhe que parasse de chorar, o que aconteceu de imediato. A sua autoridade era de uma eficácia sem limites e, para quem visse, era ainda acentuada por, tantas vezes, o coronel ter flores no cabelo. Em certas ocasiões era ele que as punha atrás da orelha, mas noutras alturas eram as próprias flores que procuravam o cabelo do coronel. A flor e a autoridade, uma aparente contradição, acentuavam-se mutuamente e mostravam que a lei, o rigor e o poder devem ser acompanhados pela beleza estética e pela sensibilidade.

O mordomo, por seu lado, não se mostrava consternado com a situação nem com o nervosismo de Kopecky e, ao sair da sala, ainda repetiu:

— Que cheiro a chucrute!

O coronel, mesmo reconhecendo a utilidade das armas, nunca as teria em casa como faziam os outros oficiais seus amigos, que tinham as paredes enfeitadas com pistolas e espingardas. Uma arma nunca poderá ser um objeto de decoração. As paredes são coisas que servem a nossa intimidade e impedem o frio, mantêm o calor, mas também são o esqueleto da cultura: é nas paredes que estão as estantes dos livros e os quadros pendurados. Wilhelm, o filho do coronel Möller, dizia mesmo que essa era a função principal de uma parede: servir a cultura. Para o frio há casacos.

O mordomo tinha uma outra característica que não era tão simpática aos olhos do coronel, característica essa que Wilhelm Möller considerava verdadeiramente aberrante. O mordomo Sors não era capaz de compreender metáforas. Era provavelmente por isso que Wilhelm, desde criança, se agitava quando o via. Quando, por exemplo, dizia que as estrelas são as flores do céu, o mordomo abanava a cabeça dizendo que aquilo era mentira. A princípio, o coronel tentava explicar-lhe que se tratava de uma metáfora, mas o mordomo Sors teimava em não compreender. Uma vez, Wilhelm Möller disse que, quando somos velhos e olhamos para um espelho, o que vemos é um livro imenso com apenas uma página. O mordomo, a partir desse dia, passou a arrumar os espelhos do coronel na biblioteca.

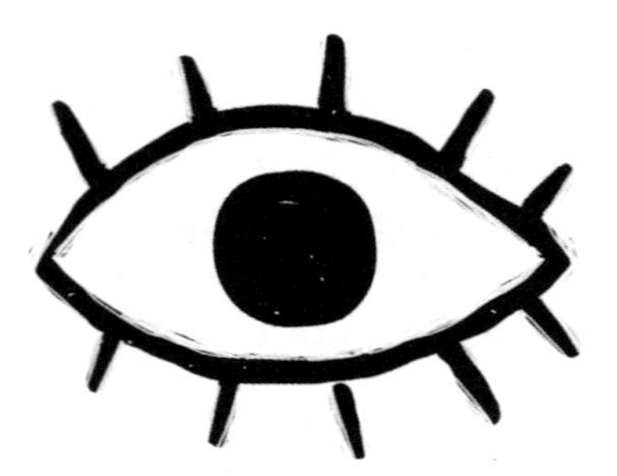

APESAR DE NÃO HAVER SOM ENVOLVIDO

A relação entre Wilhelm Möller e Jozef Sors era meramente diplomática. Tinham apenas meses de diferença, mas nunca brincavam juntos. Encontravam-se nos corredores onde Wilhelm lia livros de astronomia e divinizava todas as incertezas e todas as relatividades. Jozef Sors passava por ele com os seus cadernos e os seus lápis e trocavam umas palavras de cortesia (mera educação). A relação entre os dois era como o mar e as nuvens: só se tocavam por evaporação. Era uma coisa sutil, sem emotividade. Cumprimentavam-se, desejavam o melhor um ao outro, apertavam as mãos com parcimônia. E era tudo. O coronel tentava muitas vezes promover o convívio elaborando complicados jogos que nem ele seria capaz de jogar. Essas tentativas eram tão frustrantes que realmente acabavam por ser um ponto de contato entre Wilhelm e Jozef Sors: ambos sentiam o ridículo da situação e riam — não para fora, mas para dentro — do coronel Möller. Riam em uníssono (apesar de não haver som envolvido).

Nas tardes de domingo, aparecia lá em casa Dovev Rosenkrantz. Sempre que ele chegava o mordomo comentava o tamanho do nariz do amigo do coronel. Que grande nariz, dizia ele enquanto lhe pegava no casaco para o pendurar no bengaleiro. Que grande nariz, repetia ele.

O coronel Möller e o amigo Rosenkrantz bebiam chá aromatizado com salva e falavam durante horas. O mordomo só intervinha para despejar mais chá nas chávenas. As conversas deles deixavam-no tonto. Para o mordomo Sors, eles eram completamente loucos. Quando ouvia dizer, por exemplo, que mesmo a cabeça do homem mais baixo era capaz de chegar ao céu mais longínquo, o mordomo levava as mãos à cabeça, exasperado.

— Que palermice! — dizia o mordomo, enquanto despejava o chá. E o coronel ria-se, apesar de Dovev Rosenkrantz achar que o mordomo era demasiado esquisito. Naquele tempo, uma pessoa como o mordomo era apenas inconveniente, talvez um excêntrico, mas hoje seria um caso clínico, alguém com síndrome de Asperger ou outra coisa qualquer.

— Que grande nariz! Quer mais chá, senhor Rosenkrantz?

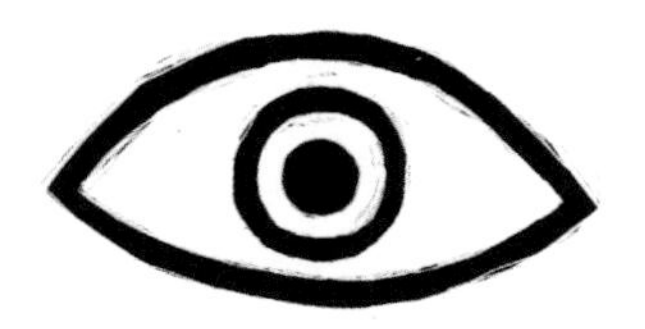

AS ÁRVORES QUE CAMINHAM NAS MARGENS DO DANÚBIO

Jozef Sors tinha vários cadernos em que desenhava, mas usava, sobretudo, dois deles, um branco e outro preto. Chamava-os, respectivamente, Livro dos Olhos Abertos e Livro dos Olhos Fechados. No primeiro, claro está, desenhava olhos abertos. Os olhos do seu pai, da vizinha Františka, da sua mãe, das pessoas que passavam na rua. No segundo desenhava olhos fechados. Os olhos do seu pai, de Františka, da sua mãe, de pessoas que passavam na rua. Cada folha enchia-se com centenas de pequenos olhos, numa trama.

O pai não gostava muito dessa atividade, pois não era nenhum curso de medicina ou de direito, profissões realmente úteis. Jozef Sors encolhia os ombros e continuava a rabiscar. Não tinha vocação para advogado nem para médico. Tinha vocação para desenhar o mundo. Para redesenhar o mundo, que é isso que se faz de cada vez que se desenha o mundo.

***

Sors pegava nos seus blocos e caminhava pela cidade à procura de olhos para desenhar. Se não encontrasse nenhum, desenhava árvores. As carruagens passavam por ele e Sors não se desconcentrava. Tinha um bloco especial para desenhar as árvores que caminhavam em Bratislava, junto das margens do Danúbio: era o Livro das Árvores. As árvores não caminham na horizontal como os homens, mas na vertical, em direção ao céu. As suas folhas são olhos verdes que pegam na luz do Sol e a transformam em altura. Para Sors, uma árvore era um tronco com ramos cobertos de olhos abertos. Os olhos fechados estavam nas raízes, olhavam a terra e o escuro enquanto os outros olhavam o céu e a luz. Para Sors todo o universo podia ser compreendido quando se desenha uma árvore. Por exemplo, no outono, a parte de cima é como a parte de baixo, os ramos são como as raízes, e uma pessoa pode inverter o desenho sem perceber diferenças fundamentais. Um tronco no meio que unifica tudo e as dispersões, que são as raízes e os ramos. É como se uma árvore desaguasse no céu. Nascesse na terra e desaguasse no céu. Ou se quisermos, ao fazer o pino (e Jozef Sors fazia muitas vezes o pino), a árvore tivesse as suas raízes no céu e desaguasse na terra. Era tudo uma questão de ginástica. Era assim que Sors falava da arte. Ou estamos a olhar as coisas de uma maneira ou de outra.

Sors admirava os troncos e sentia que eles deveriam crescer para sempre se não se dispersassem em ramos. Um tronco deveria crescer indefinidamente se não abrisse os braços, tanto no céu como debaixo da terra.

Concretamente, essa era uma questão que o preocupava e a que ele, mentalmente, chamava "o problema da dispersão e a lei de Andronikos relativa à árvore de Dioscórides", pois este filósofo debateu o tema e chegou a representá-lo matematicamente. Sors acreditava que qualquer pessoa, se evitasse a dispersão, poderia prolongar-se até lugares muito distantes, não só no tempo/espaço como também na alma. Sors evitava todos os luxos, tudo aquilo que ele determinava não ser necessário ao sustento do seu corpo (que ele chamava "tronco"). Assim, evitava comer em demasia ou comer muito pouco. Enquanto o excesso é uma dispersão (um "ramo", como chamava Sors), a carência pode levar à morte do tronco. Os excessos que Sors considerava mais perversos, que criavam mais ramos, eram a gula e a luxúria. Também considerava o ódio como uma forma de dispersão, visto que a pessoa não se concentrava no seu objetivo, não corria atrás do que desejava, para, em vez disso, se preocupar com a queda dos outros. Era como um corredor de fundo que certa vez vira numa competição regional. Perdera a prova porque começou a espancar furiosamente um dos competidores que lhe pisara o calcanhar numa curva mais difícil. Esqueceu-se de correr, pensou Sors, eis um grande exemplo de "o problema da dispersão e a lei de Andronikos relativa à árvore de Dioscórides".

O MOTOR DE EMPURRAR FRANTIŠKA CONTRA O CÉU

Františka, uma vizinha praticamente da mesma idade de Jozef Sors que vivia na casa imediatamente ao lado da do coronel, tinha uns olhos tão negros que a noite parecia um nascer do sol ao pé deles. Os tornozelos, quando apareciam por baixo do vestido, eram duas nuvens. Não era especialmente bonita, mas, para compensar, era cruel. Jozef Sors perdia-se naquele mundo, tanto quanto o desenhava. Tinha um caderno só para desenhar Františka: era O Livro Infinito.

Františka tinha tudo o que o mundo pode conter. A paixão é o sentimento que contém tudo, por isso, quando um homem se apaixona, dentro dele está tudo. Desde a coisa mais pequena à coisa maior, que muitas vezes são a mesma coisa.

Sors vivia um conflito interno. Por um lado havia "o problema da dispersão e a lei de Andronikos relativa à árvore de Dioscórides" e, por outro, Františka, que poderia ser, sem qualquer dúvida, um motivo de dispersão que o poderia levar a perder-se. Mas o impulso para trepar o muro e saltar para o quintal do lado era irresistível. Sors começou a sentir a alma dividir-se como uma folha rasgada, e então, para justificar o seu comportamento, que o distraía daquilo que realmente importava (que era desenhar o mundo, todo ele), tinha elaborado uma tese complexa. Para ele, Františka era o símbolo do infinito, um oito preguiçoso. Não era bem uma mulher, era apenas um símbolo daquilo que procurava. De resto, o seu amor era desprovido de corpo, por isso poderia manter-se focado no seu objetivo de criar um tronco sem ramos, constantemente podado para que cresça sem parar.

Sors começou a desenvolver a sua teoria "o problema da dispersão e a lei de Andronikos relativa à árvore de Dioscórides" ainda antes de ter lido a filosofia de Andronikos de Abdera. Foi quando tomou conhecimento da vida de Gauguin e do modo como este abandonou o lar, a mulher e os filhos, para se dedicar à arte e ir para Paris para se tornar um pintor e privar-se de tudo o resto. Essa abnegação haveria de marcar Sors psicologicamente. Ele também queria sacrificar tudo na sua vida que não pertencesse à arte e passou a considerar tudo o resto, toda a paisagem que anda por aí, o maior pecado contra o espírito.

O jardim da casa do coronel tinha um muro muito alto e, do outro lado, um plátano que se despia no inverno como se o frio lhe fizesse calor. Deitava fora todas as suas folhas, de cima para baixo, deixando o chão com um tapete feito de pedaços mortos de árvore. O chão que Jozef Sors pisava de cada vez que

saltava aquele muro era feito de árvore, mas horizontal, como um tapete. Jozef Sors usava uma escada de madeira que encostava ao muro. Subia até ao topo e, mal equilibrado, agarrava-se aos troncos do plátano. Com cuidado descia a árvore. Františka adorava andar de baloiço e Sors adorava empurrá-la. Tinha a sensação de que, por mais que a afastasse, de cada vez que a empurrasse, o mundo trazia-a de volta para os seus braços de treze anos. Nunca se cansava de a empurrar contra o céu e ela não se cansava de ser empurrada. Sorria com um sorriso pequenino e dobrava as pernas para se impulsionar, apesar de não precisar de o fazer. O seu motor era Jozef Sors. Era ele que a fazia baloiçar em direção ao céu, lutando contra a gravidade que nos puxa para baixo. O mundo inteiro puxa-nos para baixo, mas as mãos de quem gosta de nós atiram-nos para o alto. Sem se cansarem.

***

Quando Františka não estava a ver, quando as sombras se alongavam ao fim da tarde, Sors esticava os lábios e via a sua sombra tocar (beijar) a sombra de Františka.

Quando Františka encostava os lábios ao vidro para o embaciar e depois escrever o seu nome, Sors, depois de ela sair, encostava os seus lábios ao mesmo pedaço de vidro embaciado com o nome dela. Um dia o pai dela entrou na sala quando ele beijava a janela.

Quando Františka deixava um pedaço de comida, Sors trincava-o onde tinham estado os lábios de Františka. Mastigava beijos, dizia Sors. Engoliu inúmeros ao longo da vida. Bebia pelo mesmo copo que ela pousava. Beijava o mesmo cão, as mesmas árvores. Perseguia as pegadas dos lábios de Františka, as marcas das suas dentadas. Adorar (*ad oris*) significa, literalmente, levar à boca. Foi isso que Sors fez todos os dias da sua juventude.

A ÚLTIMA PÁGINA DE UM LIVRO É A PRIMEIRA DO PRÓXIMO

Wilhelm reparava que Havel Kopecky costumava acender um cigarro no outro. É como eu com os livros, pensava ele. Há pessoas que julgam que podem ler um livro do princípio ao fim, mas isso não é possível. A última página de um livro é a primeira do próximo, dizia Wilhelm, como os cigarros de Kopecky. Jozef Sors encolhia os ombros. Quando Jozef era mais novo e tinha dificuldade em sentar-se à mesa confortavelmente, a sua mãe punha-lhe uma almofada debaixo do rabo. A Wilhelm, a ama punha um ou dois livros, conforme o número de páginas. Ainda não sabia ler e já pedia concretamente este ou aquele livro para se sentar em cima dele. Mais tarde haveria de dizer que a altura de um homem depende dos livros que lhe serviram de base. Enfim, comia em cima da literatura e deitava-se com livros em vez de bonecos de pelúcia.

A biblioteca do coronel Möller ficava no primeiro andar e era enorme. Tinha livros de todos os tipos:

estratégia militar, História, Geografia, romances, contos, novelas, Filosofia e Religião. Wilhelm, sempre que não estava na escola, passava o seu tempo lá dentro, sentado a ler, ou a reordenar a disposição dos livros, ou a pensar. Costumava, para clarear o raciocínio, para mastigar o que lia, andar à volta da mesa de mogno que era o centro da biblioteca. Andar à volta da mesa era a sua maneira de digerir o que lia.

Entre as prateleiras havia duas grandes janelas com reposteiros de veludo azul. Cada uma das janelas tinha um pequeno varandim de pedra. Dali via-se perfeitamente todo o quintal e parte do quintal vizinho, o de Františka. Quando Jozef Sors subia o escadote para passar para o outro lado, por vezes olhava para trás, para a casa, e via Wilhelm parado à janela a observá-lo. Ou a pensar num poeta obscuro.

O TEMPO PARTIDO

Porque umas begônias estavam doentes, Františka virou a grafonola para a janela aberta e fez com que o jardim se enchesse de música (essencialmente valsas de Johann Strauss). Tinha o costume de bater palmas e o mundo parecia um belo espetáculo. Recuperará, disse ela. Františka acreditava que a música fazia as coisas voltarem a ser o que eram:

— Se uma pessoa tiver paciência para cantar para a carne cozida, durante seis horas seguidas, ela volta ao estado anterior à cozedura. É bom porque se pode voltar a cozinhá-la de maneira diferente.

Depois de encher o quintal de música, foi buscar uma ampulheta e partiu-a junto às flores. Para que a areia que conta o tempo deixasse de o fazer.

Trazia nessa tarde um vestido branco e parecia mais alegre do que costumava. Os seus olhos tinham sempre umas olheiras castanhas que lhe davam um ar cansado que contrastava com as suas constantes gargalhadas. Só não ria quando expunha os seus planos mágicos, quando dividia o mundo em estranhas classificações. Nessas alturas endireitava-se muito solene e falava pausadamente:

— Viverão para sempre, já não estão presas pelas paredes do tempo. É só vidro, é muito fácil de partir. Também serve para ti, Jozef. O tempo prende-nos com paredes de vidro. Se um dia te recordares disto, sais em liberdade com a mesma facilidade com que o vidro se parte. Verás que o que te assustava não passa de areia. É nisso que tudo se transforma.

Num deserto, pensava Sors, tristemente, enquanto ajeitava os colarinhos (sempre tão assimétricos).

As begônias continuaram a murchar apesar de o tempo já não contar, apesar da música. Morreram passados dias, mas nessa altura Františka já não se lembrava delas. As flores transformaram-se em areia, misturadas com a areia do tempo, da ampulheta partida, do tempo partido.

Quando saía de casa para estar com Jozef, Františka dava sempre três voltas às cinco árvores do pátio. Esticava a mão enquanto corria à volta do tronco, como um compasso. Sors, quando ela se cansava e se sentava no banco de pedra do jardim, sentava-se ao lado, na outra ponta. Ela nunca deixava que ele se aproximasse muito, exceto quando andava de baloiço. Mas depois de correr como ela corria normalmente, a sua respiração tornava-se bastante alta e Sors fazia os possíveis para respirar com a mesma cadência. Isso irritava-a, mas Sors fingia estar igualmente cansado. A mãe dele dizia que, em hebraico, a palavra beijo [*nashak*] significa respirar juntos e é esta palavra que é usada na Torá. Moisés morre, literalmente, com um beijo de Deus. Sors sentia a sua pele arrepiar-se quando as duas respirações, a dele e de Františka, ficavam sincronizadas. Por vezes tinha mesmo de voltar para casa, pois ficava enjoado com a emoção, chegando a vomitar.

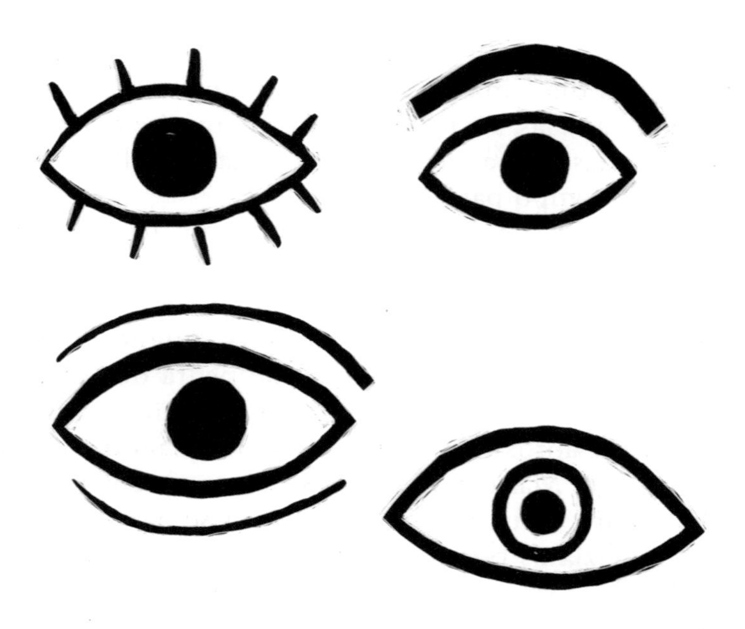

A CONTENÇÃO DE UMA NÁDEGA FORA DA CADEIRA

A senhora Sors servia a comida a cantarolar. O seu marido, o mordomo, quando chegava para jantar, agarrava-lhe a cara, espremia-lhe as bochechas entre as suas mãos de pinheiro e beijava-a na testa. Ela nem reparava, pois os sapatos são bons quando não se sentem. Aquele era um gesto repetido quotidianamente, um gesto que já vinha desde o princípio do mundo. Se ela corasse todas as vezes, como havia feito da primeira, não haveria harmonia, as suas vidas ainda não estavam encaixadas numa só, como o ar e os pulmões. Ela, quando olhava para a cara de Jozef, via a dor de quem gosta de se virar ao contrário para ver as coisas. Nunca seria feliz como ela era. E isso deixava-a infeliz.

O mordomo bebia o seu vinho a acompanhar o pão e a sopa. Jozef Sors sentava-se como quem estava com pressa, num canto da cadeira, deixando que parte de uma das suas nádegas ficasse de fora do assento. O pai dizia-lhe para ele se sentar como deve ser, mas ele ficava exatamente na mesma, meio de lado. E nunca terminava a comida. Era a sua fixação pelas coisas inacabadas, mas também o seu apreço pela contenção. O pedacinho de feijão que ficava no prato mostrava que não sucumbia à gula. O mordomo pegava sempre nos pratos inacabados do filho e comia os restos. Como Jozef Sors fazia com os biscoitos de Františka.

Enquanto mastigava, o mordomo reclamava:

— Tens de comer. Estás franzino, deixas-nos ficar mal. As pessoas pensam que não te damos de comer. Tens de pensar na tua mãe, que faz muitos sacrifícios por ti.

Jozef Sors desenhava o pai mentalmente, os contornos do nariz, os cabelos penteados para trás, a testa como um muro riscado, uma parede onde as metáforas não podiam entrar. Depois passava para a mãe, e rabiscava na sua imaginação as maçãs do rosto salientes, o sorriso que não lhe saía da cara redonda, os cabelos apanhados por baixo do lenço. Todas as noites os via saírem da mesa abraçados um ao outro, caminhando para o quarto e adormecendo de imediato. O ressonar do pai enchia toda a ala dos criados. Se Sors perguntasse à mãe como é que ela conseguia dormir com os roncos do seu pai, ela faria uma cara de quem não percebera a pergunta e diria: o teu pai não ressona. E, realmente, ela não o ouvia a ressonar.

SACRIFÍCIO AO AMOR

Františka dividia o seu jardim em quatro partes e eles nunca pisavam o quadrado que ficava mais distante, do lado esquerdo de quem saía de casa. Františka não deixava, pois aquela terra, quando pisada, provocava insônias. Quando acabava de correr pelo jardim, Františka costumava inclinar-se sobre os traços que os seus sapatos haviam sulcado no chão, as marcas que as suas correrias haviam feito na terra, e lia o que diziam. Pronunciava sentenças solenes, muito séria, e obrigava Sors a beijar o chão (para acordar a terra, para acordar os mortos). Portava-se como um oráculo da Antiguidade e tinha, na sua cabeça, um conjunto de regras que mudavam com frequência. Dizia que as linhas arredondadas sulcadas pelos seus sapatos eram as linhas da paixão e não deveriam ser interrompidas por linhas retas, pois isso provocaria demasiados suspiros. As linhas direitas eram as linhas do fígado ou do conhecimento. Se fossem muito grandes eram dúvidas, se fossem curtas eram respostas. Punha muitas vezes raminhos de louro no cabelo, pois o louro dissipa as sombras, mas quando se está triste não se consegue chorar. As regras mudavam todos os dias. Uma vez Sors foi obrigado a passar a tarde a saltar ao pé-coxinho, pois, disse Františka, a terra não deve ser pisada pelo pé direito de um homem.

Dividia as gemas das claras dos ovos estrelados e quando comia uma não comia a outra. Dizia que há dias para comer a gema e outros para comer a clara.

— Repete comigo o que eu disser, Jozef. As palavras são tudo. Olha: a palavra "frio" desce. A palavra "calor" sobe. A palavra "ninho" tem ovos lá dentro e um pássaro a dormir. Há quem não queira que confundamos as palavras com as coisas, dizem que o mapa não é o território, mas as palavras é que são as coisas. Há mapas, mas não há nenhum território. A palavra "porta" abre e fecha; e a palavra "janela", se for velha, tem o vidro partido. A palavra "água" ou se bebe ou nos afoga. Porque há pessoas com sede e pessoas que se afogam. É assim que se separa a humanidade: uns pegam nas coisas para morrer e outros para viver. E há a palavra "mar", que afunda todos os navios.

Františka olhava em frente enquanto, com o pé, desenhava círculos na terra.

— Olha: são tão importantes, Jozef, que sem elas éramos ocos. Sem a palavra "vertical" andávamos a rastejar e sem a palavra "horizontal" só poderíamos sonhar acordados. Os sonhos de dormir são mais distantes e vêm de lugares tão antigos que nunca lá poderemos chegar a caminhar pelo tempo, pelo passeio, pelos jardins. Só lá chegamos deitados, adormecidos até ao chão. Repete comigo, Jozef: cova, dedo mindinho, sete...

Aquelas tardes eram eternas e duravam infinitos e, no inverno, a neve enchia os telhados de branco. Sors brincava com Františka: abria os braços e ela atirava bolas de neve, sem qualquer compaixão. Sors recebia o impacto com prazer, como se estivesse a ser fuzilado pelo amor. Eram balas frias, mas deixavam-lhe a pele da cara vermelha, a arder. Františka parecia não se cansar. Durante minutos baixava-se, levantava-se, arredondava a neve na concha das suas mãos e atirava as bolas contra a cara dele. Ria-se quando acertava (batia palmas e gritava "bravo!") e fazia caretas de descontentamento quando falhava. Chegava a praguejar. Sors mantinha-se perfeitamente imóvel, com os braços abertos. Era um sacrifício ao amor. O inverno, muito por causa disso, era a estação de que ele mais gostava. Era quando ele se tornava o alvo de Františka. Com os braços abertos, encostado ao muro.

OS DESENHOS INACABADOS PROLONGAM-SE PARA SEMPRE

Para Sors, o dia era quando estava com Františka. A noite era quando não estava com Františka. Ou: quando Františka dormia era noite, quando Františka acordava era dia. A rotação da Terra à volta do Sol era um fenómeno aparente e ilusório.

Certa vez, Jozef Sors encontrou Františka a mastigar penas de melro que depois atirava — feitas em bolinhas — para a lareira, pois o fogo, dizia ela, transformava aquelas penas em felicidade. Sors sorria e tirava o caderno, O Livro Infinito, e desenhava as mãos de Františka pousadas no colo enquanto ela mastigava as penas de melro. Sors desenhou-lhe as mãos nessa ocasião e em inúmeras outras. A maior parte das vezes não conseguia completar os desenhos. Ao princípio tentava acabá-los de memória, deitado na sua cama, à luz de uma vela. Mas deixou de o fazer quando percebeu que um desenho inacabado tinha uma magia especial. Era como se fosse uma prisão de riscos — como são todos os desenhos — mas tivesse uma porta aberta para a liberdade. O desenho inacabado abria-se para o infinito. A parte inacabada não tinha limites e isso deixava Sors profundamente fascinado.

— Vamos lá para fora, para o escorrega — disse Františka depois de atirar a última bolinha de melro para a lareira.

Sors não gostava do escorrega. O baloiço era o seu motor de felicidade, era quando podia tocar em Františka sem que ela fizesse uma cara de enjoo.

Apesar de Sors ter criado elaboradas teorias para justificar a sua incapacidade de resistir à dispersão que Františka causava na sua vida, levando-o a perder-se, não evitava um enorme sentimento de culpa de cada vez que voltava para casa, chegando a aparecer-lhe, em quatro ou cinco ocasiões, uns inchaços na cara e nos lábios, ficando completamente irreconhecível. Esse tipo de reação acontecia com os antigos anacoretas, com os monges do deserto e, especialmente, na Idade Média, entre eremitas. Estes, se eram tentados por mulheres — e devido aos rigores da vida que levavam —, ficavam deformados. Um líquido amarelo escorria-lhes das vesículas abertas na pele e das gretas dos lábios.

Sors ficava então dois ou três dias em reclusão à espera que a sua cara voltasse ao normal. Nessa altura jurava a si mesmo que não voltaria a pular o muro. Mas, mal se via curado, penteava-se em frente ao espelho, reelaborava a sua teoria de que Františka era um oito preguiçoso, um símbolo do infinito, e não uma mulher,

e saltava para o outro lado.

O amor, dizia Sors, é uma casa sem telhado, pois quando olhamos para cima vemos o céu.

Era por isso que Sors se deitava tantas vezes no chão, a olhar para cima. O pai repreendia-o. Não nos devemos deitar no chão. Wilhelm argumentava: só nos devemos deitar no chão uma vez. E dessa vez deve ser para sempre. O mordomo, que não compreendia metáforas, abanava a cabeça e contrapunha: nada disso, menino Wilhelm, é porque o chão está sujo, é porque o chão está frio. Ficamos doentes quando nos deitamos no chão. Wilhelm encolhia os ombros, mas pensava para si: ficamos doentes, pois aproximamo-nos da morte.

Sors mantinha-se alheio a essas coisas e deitava-se simplesmente. Punha um sorriso e olhava para o céu. Era como se fosse um cobertor de olhos. Cada estrela era uma pupila.

A METAFÍSICA SÓ EXISTE AOS GRITOS

Havel Kopecky tinha sérias dificuldades em fazer o seu trabalho: Sors parecia viver noutro mundo.

O filho do mordomo sentia-se incomodado com a letargia das aulas de Kopecky e, para escapar à monotonia, chegava a fazer o pino enquanto estudavam Aristóteles ou os anagramas de Filetas. Sors só pensava em Františka e isso, essa tremenda obsessão, incomodava-o por causa do problema da dispersão. Mas também incomodava o preceptor.

— Faça o favor de se sentar como deve ser — dizia ele, mas Sors parecia não ouvir.

— Alguns filósofos têm de ser estudados ao contrário — ria Wilhelm. — É preciso perverter a lógica.

Kopecky cruzava e descruzava as pernas muito incomodado. Se havia coisa que não suportava era um ataque direto a toda a sua escolástica, de Aristóteles a Maimônides.

— Faça o favor de se sentar — repetia, subindo o tom, mas a voz falhava-lhe sempre, transformando-se num ataque de tosse. Tirava o lenço para limpar a boca, mas não conseguia limpar a imagem.

E, é claro, não conseguia fazer com que Sors obedecesse. Não conseguia isso com ninguém. Recorria muitas vezes à autoridade do coronel ou do mordomo, mas os resultados eram fugazes. Depois de anos a trabalhar naquela casa, sentia que não tinha feito Sors evoluir na direção certa. Incomodava-o que o rapaz passasse a vida a desenhar olhos e restos de pessoas, e que não acabasse os seus desenhos e que se deitasse no chão. Kopecky também não estava contente com os progressos de Wilhelm. Este, ultimamente, dedicava-se exclusivamente a um tema a que chamava "o silêncio dos escritores", passando quase todo o dia a ler e a reler os grandes clássicos com o propósito de identificar o que os respectivos autores não tinham escrito. Ou seja, procurava entre as palavras os assuntos que eles evitavam e via nesse silêncio a verdadeira marca do gênio. O mordomo dizia muitas vezes que as palavras são uma palermice e Wilhelm parecia apostado em prová-lo: a perícia de um escritor depende dos lugares mortos, dos cadáveres das palavras, e não daquilo que efetivamente está escrito. Quando um autor escreve a palavra "árvore" não escreve, em alternativa, uma série de outras que poderia ter escrito, mas a sugestão que a primeira escolha é capaz de provocar é que marca a leitura e faz do livro uma obra intemporal. Temos de enforcar as palavras, dizia Wilhelm, para que elas, sem a sua garganta, digam o que escondem.

Havel Kopecky agarrava na cabeça, transtornado. Wilhelm tinha sido uma criança promissora, capaz de falar facilmente várias línguas, mas tornara-se um rapaz esquisito, demasiadamente mordaz.

O coronel tinha uma palavra para explicar a aflição de Kopecky: adolescência. O preceptor ficava furioso com explicações dessas, e então o coronel tentava elaborar outras. Mas eram sempre tão pouco realistas que Havel Kopecky acabava por desistir e concordava com a tese inicial: adolescência. Para o coronel a coisa mais normal era que houvesse tensão quando se falava de filosofia. E dizia que a metafísica sem duas pessoas a gritar não passa de uma ciência exata, como a matemática. São os gritos que fazem a metafísica. A filosofia também pode ser discutida brandamente, mas há outras matérias que exigem voz alta.

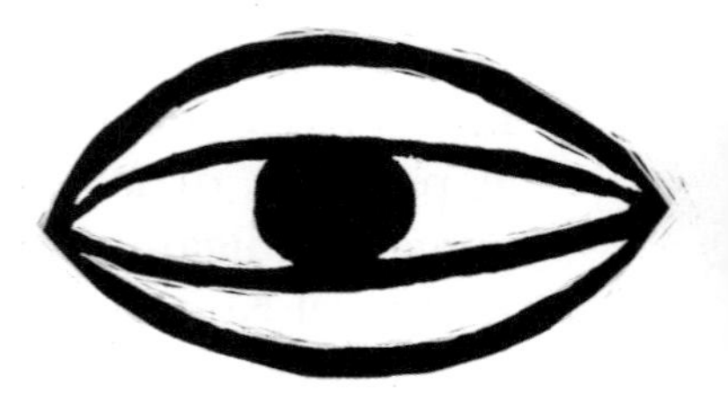

TODOS OS HOMICÍDIOS SÃO COMETIDOS ENTRE IRMÃOS

Numa tarde de verão, o mordomo sentiu-se mal e, por indicação do coronel, sentou-se junto dele e de Dovev Rosenkrantz. Adormeceu logo de seguida com um ressonar devastador. O coronel riu-se, pois gostava muito dele. Até a dormir o mordomo Sors era sincero. Por causa dos roncos, Rosenkrantz falava cada vez mais alto e a conversa parecia mais uma discussão violenta do que um diálogo entre amigos. Rosenkrantz dizia (num tom de voz altíssimo) que Caim e Abel eram irmãos para se demonstrar que todos os homicídios são cometidos entre irmãos. A certa altura, o mordomo acordou enquanto o coronel gritava para Rosenkrantz (na tentativa de se fazer ouvir acima dos roncos) apontando para o tórax do amigo: o que tens no peito (o coronel referia-se ao coração humano) é a arma mais mortífera de todas. É a pedra com que Caim matou o seu irmão Abel.

O mordomo, que era incapaz de compreender metáforas, ficou muito perturbado ao ouvir isto e, depois de ter voltado a servir as chávenas do coronel Möller e de Dovev Rosenkrantz, foi para o jardim. Caminhou um pouco para apanhar ar e chegou mesmo a vomitar, pois tinha o estômago todo embrulhado. Uma arma perigosa, pensava ele enquanto limpava a boca ao lenço de pano que trazia sempre no bolso.

Ao pôr do sol, o mordomo ainda andava na rua, de um lado para o outro, visivelmente incomodado com a arma de que ouvira falar. Aquela pedra tão perigosa era a arma mais mortífera, era a primeira pedra, a raiz de todas as armas. Foi com ela que se começou a matar. Foi com ela que Caim matou Abel.

O mordomo esperou que Dovev Rosenkrantz saísse da casa do coronel, e seguiu-o. Era de noite e, numa subida, quando Rosenkrantz parou para tomar fôlego, o mordomo agarrou-o pelo casaco e atirou-o contra a parede. O homem bateu com a cabeça e o mordomo revistou-o à procura da tal arma. Rosenkrantz apenas apontava para o coração do outro e para o seu, querendo dizer que era essa a tal pedra, mas o mordomo não percebia metáforas e continuou a abaná-lo contra o chão. Um homem que passava por ali tentou ajudar o pobre Dovev Rosenkrantz, mas era tarde demais, já estava morto.

O mordomo foi finalmente manietado e levado preso. E apenas se lamentava pelo fato de não ter encontrado aquela arma tão perigosa, que precisava, com urgência, de ser destruída.

— Revistem-lhe o peito — gritava ele enquanto o arrastavam para o comissariado —, revistem-lhe o peito.

***

A mãe de Sors sofreu muito com esse episódio. O coronel defendeu-a sempre que pôde, apesar de Havel Kopecky achar que o coronel a deveria pôr na rua. A senhora Sors, bem como Jozef, permaneceram naquela casa. Mas a mãe passou a viver de uma forma estranha.

DEVOÇÃO AOS FANTASMAS

A senhora Sors tinha uma enorme devoção pelo marido — que dizia sempre o que pensava e não compreendia nenhuma forma de poesia — e as suas vidas eram uma coisa só, como os sapatos e os pés. Por isso recusou-se a aceitar a pena de morte e a consequente execução do mordomo. Nunca chorou a morte do marido, como seria de esperar, ela que era uma senhora tão emotiva.

Jozef Sors, por seu lado, imaginou várias vezes o pai a baloiçar pendurado pelo pescoço. Imaginou o barulho que a corda faria, e isso fê-lo odiar Dovev Rosenkrantz. Afinal, a culpa era das suas metáforas, daquele modo crítico que ele tinha de abordar os assuntos mais filosóficos. Era lamentável que duas pessoas tivessem morrido por causa de uma figura de estilo. Esse ódio que sentia por Rosenkrantz magoou-o ainda mais, pois ia contra "o problema da dispersão e a lei de Andronikos relativa à árvore de Dioscórides". O ódio era uma das mais insidiosas formas de dispersão. Não o poderia permitir, ainda por cima dirigida a uma pessoa que estava morta. Não haveria, sequer, uma possibilidade de vingança. Portanto, o que havia a fazer era chorar, e foi isso que Jozef Sors fez durante muitos dias, fechado no quarto, deixando que o tempo passasse e o libertasse um pouco da sua dor. Aos poucos foi retomando a sua vida normal, foi-se deitando no chão, foi abrindo os braços para as bolas de neve, foi desenhando olhos abertos, olhos fechados e desenhos inacabados. Frequentemente, por essa altura, tentava desenhar mentalmente os contornos da cara do pai, mas eles começaram a desvanecer-se. O muro riscado que era a testa do mordomo já não tinha as mesmas características. Sors tinha dúvidas relativamente à altura da cabeça e à forma do crânio, à inclinação do maxilar, aos riscos das rugas. E também já não tinha a certeza de vários outros pormenores. Isso angustiava-o, pois a sua capacidade de, mentalmente, desenhar as pessoas dava-lhe um sentimento de posse dessa mesma pessoa. E agora o pai saía dos seus traços, dos seus contornos, e tornava-se semelhante aos seus desenhos inacabados. Muitas vezes, para se lembrar melhor do pai, recorria a desenhos antigos e tinha pena de não o ter desenhado mais vezes e em mais posições. A morte, pensava Sors, não leva só a pessoa, leva também as imagens que os outros guardam dela nas suas memórias. A morte não deixa traços.

Enquanto Sors resolvia o seu luto da melhor maneira que sabia e podia, a sua mãe recusava-se a aceitar a morte do marido. Todos os dias punha a mesa, punha sempre mais um prato, mais um talher. Quando se deitava, deixava sempre espaço na cama para outra pessoa. E não só mantinha intacto o espaço que o marido ocupava como o preenchia com roupas. Ou seja, quando punha a mesa, não se limitava a guardar o lugar do falecido marido, mas colocava também as suas roupas na cadeira, como se ele ali estivesse sentado. As calças no assento, a camisa no encosto. Fazia o mesmo na cama, estendendo a seu lado a roupa de dormir do mordomo. Em suma, vivia com o fantasma do falecido. Sors reprovava a atitude da mãe. Achava-a demasiado aberrante e dizia-o alto, às vezes violentamente. A mãe limitava-se a sorrir como se estivesse com pena do filho.

E assim foi até a adolescência de Sors se dissolver pelos anos.

UMA MÁQUINA DE FAZER AREIA

Porque decidiu que Wilhelm deveria ir estudar para Viena, o coronel Möller resolveu prescindir dos serviços de Havel Kopecky. E Sors deveria passar a ter aulas de pintura, pois, embora passasse o tempo a desenhar e dominasse razoavelmente as aguarelas, não tinha nenhuma noção da utilização dos óleos e das têmperas. Também não conhecia os mais recentes movimentos artísticos, pois a biblioteca do coronel só tinha livros alusivos ao período compreendido entre o Renascimento e o Romantismo; e Havel Kopecky sabia muito pouco do tema, limitando-se a uma abordagem demasiado superficial da Antiguidade. O Simbolismo, o Expressionismo e todo o Modernismo emergente no princípio do século XX eram praticamente desconhecidos de Jozef Sors. O coronel preocupava-se com isso, pois ouvira falar em Cubismo e em Fauvismo. Uma vez vira uma exposição em Viena e tinha ficado admirado com os corpos distorcidos, cheios de traços. Onde está o Rembrandt?, interrogava-se o coronel.

O preceptor Kopecky ao saber da notícia começou a chorar e a dizer "os meus meninos, os meus meninos".

— Recomponha-se, homem — disse o coronel —, tome este lenço.

O precetor limpou os olhos e pôs a cabeça entre as pernas para não desmaiar.

— Dedique-se à gramática, que é o seu sonho.

— Os meus sonhos, já os perdi há muito tempo. Sei que errei, pois Wilhelm anda à procura de vazios e Jozef não se concentra e não acaba desenho nenhum, mas creio poder fazer melhor.

— Não diga disparates. Fez um excelente trabalho.

Havel Kopecky levantou-se de um salto e olhou para o coronel. Os lábios tremiam-lhe, mas não disse nada. Impressionava-o sempre que aquele homem tão autoritário, com um domínio tão sólido das suas emoções, usasse flores no cabelo. Ficaram uns segundos em silêncio, até Kopecky começar a andar em direção ao bengaleiro para pôr a sua cartola e não voltar mais:

— Vou-me embora, mas magoado.

***

Do lado de dentro de Wilhelm tinha-se vista para prateleiras de livros. Observado através dos raios de Röntgen, o filho do coronel parecia a biblioteca da sua casa. Passava muito tempo a tentar ler os silêncios dos escritores, aquilo que eles não tinham escrito. Um dos passatempos com que mais se entretinha consistia na memorização de frases absolutamente desinteressantes, futilidades perfeitas. Wilhelm mastigava a frase mais banal, andando à volta da mesa de mogno no centro da biblioteca, de modo a conseguir uma interpretação lúdica e ao mesmo tempo filosófica das trivialidades e dos lugares-comuns. Todas as frases são abismos e as mais desinteressantes são as que escondem as suas profundidades de um modo mais tenaz. A mente deve ser um pé de cabra para as frases sem interesse, pensava Wilhelm. Mas, além disso, preocupava-se com a política e com a sociedade, o que não ficava nada bem à sua tendência para a misantropia. Na verdade, Wilhelm todos os dias comentava o estado do império e o ódio ao poder central:

— Nenhum império sobrevive à emoção. Criam-se fronteiras, mas são artifícios, linhas inventadas que podem impedir a livre circulação de bens e pessoas, mas não impedem que as emoções as rompam. Sors, encostado à ombreira da porta da biblioteca, perguntou-lhe onde lera isso.

— Em jornal nenhum — respondeu Wilhelm. — Para compreender o império, devemos olhar para um homem qualquer que passe na rua. E veremos que, por mais racional, por mais fronteiras que ele coloque para agir corretamente, mais tarde ou mais cedo sucumbirá à emoção. Se um homem tiver fome, o seu estômago tomará o poder. Nenhuma cabeça, nenhuma ordem será capaz de contrariar a barriga vazia. O império vai ruir.

Sors não tinha a certeza de aquele discurso não ser para si. Parecia ser-lhe dirigido. Ele também tinha dificuldade em prender as suas emoções às suas teorias. Olhou para os olhos dele e não viu qualquer indício de malícia.

— Existem espingardas para manter a ordem — disse Sors enquanto ajeitava os colarinhos (sempre tão assimétricos).

— As espingardas são uma maneira de matar com mais conforto, basta mexer um dedo. É muito surpreendente como o movimento de um dedo pode tirar a vida de uma pessoa e transformar outra numa coisa ignóbil. É só um dedo a dobrar-se. Uma espingarda é uma máquina de fazer monstros.

Wilhelm mostrou o indicador a Sors e disse:

— Se está esticado é para acusar, se se dobra é para disparar. Eis o indicador. — E dobrava e esticava o seu dedo como se destruísse mundos. — Isto é o homem, não é o polegar oponível. De resto, Jozef, as espingardas não são armas, são canos. São os instrumentos que permitem aos nossos corações disparar (não é por acaso que as empunhamos bem junto ao coração, com o gatilho encostado ao peito). O que mata, as verdadeiras armas, estão dentro do tórax, a marcar o tempo, como um relógio cheio de ódio. Uma máquina de fazer areia.

Sors sentia-se confundido. O coração enquanto arma fora a metáfora responsável pela morte do seu pai. E a máquina de areia? Teria Wilhelm, da janela da biblioteca, visto a tentativa de Františka para salvar as begónias? Sors inclinou a cabeça e olhou-o nos olhos. É coincidência, pensou Sors.

Foi precisamente nesse dia — enquanto Wilhelm Möller falava em armas —, a vinte e oito de junho de mil novecentos e catorze, que o arquiduque Fernando morreu assassinado.

POIS BEM, COMEÇOU A PRIMEIRA GRANDE GUERRA

Muitas vezes, deitado nas trincheiras, o soldado Sors olhava para o céu e via aquele céu que toda a gente vê e, deitado na lama, lembrava-se de Františka e dos beijos que lhe tinha dado sem que ninguém visse — nem ela própria —, dos biscoitos que ela deixava inacabados, da sua respiração no vidro.

Os melhores beijos são invisíveis, são como um pintor debaixo do lava-loiças. É por isso que os namorados se escondem do mundo e fecham os olhos. Não há testemunhas e é por isso, por essa invisibilidade toda, que os beijos apaixonados são tão poderosos. Sors pensava que a Lua só existia porque havia pessoas apaixonadas. Ela não faria sentido algum num mundo sem paixão. Nem a Lua, nem as flores, nem os bombons.

As granadas de mão explodiam ao pé de si, e ele continuava deitado, com os olhos no céu, a sentir a saliva doce de Františka na memória dos seus lábios. Sabia-lhe a biscoito molhado e ao frio do vidro da janela embaciada. Um soldado agarrou-lhe nos braços e obrigou-o a levantar-se. O gás mostarda invadia os seus sonhos.

Sors olhou para ele. Matej Soucek agarrava-o com força enquanto lhe punha a máscara.

À noite fumaram uns cigarros juntos.

— Gosto da guerra — disse Soucek. — Há objetivos. Quando vivia na Boêmia, bebia o dia todo e deitava-me com as viúvas lá da terra. Agora tenho uma coisa importante para fazer: tenho de viver. Dantes não pensava nisso, andava de um lado para o outro como um peixe num aquário, às voltas.

Sors desenhava-o mentalmente: a cara quadrada, o pescoço grosso, as pernas finas e os ombros largos.

— Basta partir o vidro.

— O quê?

— Nada. Foi uma coisa que ouvi um dia — Sors fez um gesto com as mãos à frente da cara. — Não gosto de matar.

— É assim a vida. Tudo mata tudo. Quando precisamos de comer, matamos. É o ciclo da vida, não é? E os soldados, quando disparam, não matam homens. Numa guerra não há homens, há inimigos. Foi assim que Deus fez o mundo.

— Deus está errado.

— Tu fazias o quê antes da guerra?

— Desenhava.

— Um artista — disse Soucek pensativo. — Nunca tinha visto nenhum. Quer dizer, já vi músicos e poetas, mas pintores e isso, nunca tinha visto. Fazes-me um desenho?

— Não tenho lápis nem folhas.

— Desenha na lama.

Sors levantou-se e, encostado à parede da trincheira, pegou na espingarda com as duas mãos e tentou desenhar na parede em frente. A terra caía e os traços perdiam-se.

— Desenha no chão — disse Soucek.

— Não dá.

— Vocês artistas não sabem nada. Sem matar, não se avança.

Talvez Soucek tenha razão, pensou Sors: nós construímos com os restos daquilo que destruímos. Com o que comemos, com as pedras que partimos, com os cadáveres de ideias velhas, com a madeira das árvores. Todas as paredes são feitas de ossos e sangue. A morte é uma escada para a verticalidade.

— Nem imaginas a história que soube no outro dia — disse Soucek.

Sors não disse nada. Matej Soucek continuou:

— Dois tipos da minha terra que emigraram. Um para a Alemanha e o outro para a Bélgica. Morreram no mesmo dia e na mesma batalha, mas em exércitos diferentes. Provavelmente mataram-se um ao outro. Estás a ver a ironia, Sors? Dois irmãos, um de cada lado, a matarem-se.

— Caim e Abel eram irmãos para se demonstrar que todos os homicídios são cometidos entre irmãos.

Soucek riu-se.

— Quais irmãos! Do outro lado só há inimigos.

Na semana seguinte, Jozef Sors juntamente com Matej Soucek foram postos no ar. Num balão para observação das movimentações da artilharia inimiga. Sors temia as alturas e quando olhava para baixo não conseguia ver homens. Talvez Soucek tenha razão. A esta distância só vemos inimigos.

Soucek ria-se e sentia-se bem com o vento a baterlhe na cara quadrada. Sors verificava constantemente se tinha o paraquedas às costas.

— O paraquedas não vai a lado nenhum — disse Soucek. — Queres um cigarro?

Dali de cima viam as trincheiras, que pareciam cobras, e de vez em quando viam morrer dezenas de soldados. Ou centenas. Ou milhares. Dali de cima, sem o cheiro das trincheiras, sem o sangue, sem os gases, sem o fumo, sem a lama e sem o pó, nada parecia condenável. Eram pontinhos, coisas pequeninas, que apareciam e desapareciam. Aquela era a visão de Deus. Se Ele se baixasse, veria outras coisas.

Ao final do dia foram atacados pela aviação inimiga. Soucek, quando ouviu os motores, pulou para fora do balão. O pesado paraquedas abriu-se de seguida. Sors ficou a vê-lo cair, sem reagir. Quando o avião mais próximo disparou uma primeira rajada sobre o balão, Sors ainda estava agarrado às cordas. O fogo alastrou de imediato e um pedaço de pano a arder passou-lhe pela cara. Sors soltou as cordas onde se agarrava e caiu em direção ao chão. Abriu o paraquedas com uma calma que não julgava possuir e reparou mais uma vez nas trincheiras lá em baixo, escavadas aos esses, como um bêbado.

Os homens escavam para fazer crescer. Desde casas a couves. Tudo nasce de buracos. A criatividade prefere a penumbra do interior dos nossos cérebros. Os fetos preferem o útero. Mas não é só a vida que gosta do invisível, a morte também é feita de coisas que não se veem, de emboscadas, de disfarces. E de buracos, como as trincheiras. Esses buracos nunca servirão para fazer alicerces de edifícios. Porém, serviram para Sors sonhar com Františka, com beijos que sabem a biscoitos humedecidos e a janelas embaciadas.

A MULTIPLICAÇÃO DOS PÃES
É UMA DIVISÃO

— Tenho vontade de me dar um tiro — disse Sors.

— Então dá — disse Matej Soucek.

— Não consigo. Poderia acabar com isto, com a guerra. Se eu morresse não havia mais guerra. Ou então ia parar à enfermaria e mandavam-me para casa.

— Eles não são parvos. As balas têm nacionalidade e eles veem logo que língua falam.

Sors apalpava as coxas e as nádegas, imaginando a possibilidade.

— Davas-me um tiro, Matej?

— Dava com todo o prazer — e apontou a arma.

— Tem de ser quando nos atacarem.

— Queres um cigarro?

Sors aceitou.

— Podíamos ir embora.

— Eu gosto disto, Sors.

— Não quero que me dês um tiro, Matej.

— Pois, ainda sou fuzilado.

Quando Matej Soucek acabou de falar, uma borboleta pousou no cano da sua arma. Sors seguiu-a com o olhar: que estranho, uma borboleta, pensou. É o oposto disto tudo. Tudo é tão pesado, tiros para cima e tiros para dentro, tiros para fora e tiros para trás, botas enlameadas e frio. E de repente aparece uma borboleta. Sors estava paralisado a olhar para as asas coloridas. No meio daquele mundo cinzento, a única coisa com cores era uma lagarta com asas. Aquilo representava uma grande riqueza formal. Tudo o que era cor se concentrava naquele espaço alado. Quando a borboleta pousou no boné de Sors, agitando as asinhas, Soucek disparou e a bala passou rente à cabeça de Sors e desfez, pelo caminho, como quem aproveita para comprar o jornal, a borboleta. Sors viu as cores a ficarem cinzentas e a desfazerem-se no meio da guerra. Levou a mão ao boné e gritou com Soucek, que ria sem controlo.

— Podias ter-me acertado.

— Não era isso que querias?

Sors não respondeu. Olhava para o chão, concentrado, tentando perceber se seria possível juntar de novo as peças de modo a que aquele mundo voltasse a ter cores, voasse por entre os soldados e pousasse nas armas como o faria numa flor.

— Por que é que fizeste isso?

— Sei lá.

Ao contrário do pai, Sors via as armas como a prova do Bem. Só quando se tem uma nas mãos é que se sabe o uso que lhe daremos. E o uso de uma espingarda, para Sors, era apenas este: saber que não a usaria. Uma pessoa não pode ser boa se não tiver o poder para disparar e renunciar a isso. Se uma pessoa não tiver o poder para fazer o mal, não pode ser boa, não escolhe entre uma coisa e outra. As armas permitem-nos ser bons. Basta que não as usemos. Sors tinha visto boas pessoas pegarem numa arma e, tal como Wilhelm dizia, transformarem-se num pesadelo. E tinha visto pessoas francamente vis pegarem numa arma e não a usarem.

Outra situação que Sors considerava capaz de avaliar as pessoas em termos morais era a capacidade que estas tinham para compreender a mais difícil das operações aritméticas: dividir o pão. Sors tinha reparado que essa é que era a matemática pura, e também a conta mais difícil de fazer, apesar de não ter vírgulas, nem números irracionais, nem nada disso. Temos um bocado de pão e temos de o dividir por dois. Parece elementar, mas é demasiado complexo. Nenhuma escola ensina essa operação com eficiência. A prova está à nossa volta.

Muitas vezes Sors via-se obrigado a disparar. Fazia-o para um espaço sem nome, perfeitamente incógnito, ligeiramente para cima, de modo a falhar todos os tiros. Não poderia jamais ter a certeza absoluta de não ter matado ninguém, mas acreditava nessa possibilidade. Nas execuções por fuzilamento, havia sempre um dos carrascos que tinha pólvora seca. Para que aqueles que disparavam contra um condenado pudessem acreditar na possibilidade da sua inocência. O nevoeiro e a distância, e o frio, e os gases, também serviam para isso. Eles, quando disparavam, não sabiam se acertavam, se as suas balas eram culpadas. Um soldado poderia sair de uma guerra, isso dizem-nos as probabilidades, sem matar ninguém e sem ter morrido. Isso significa, em termos científicos, que esse soldado é que ganhou a guerra.

Não foram os austro-húngaros ou os russos ou os sérvios ou os otomanos ou os romenos ou os alemães ou os belgas ou os franceses ou os portugueses ou outros, mas aquele soldado.

— Para ganhar uma guerra — disse Sors — há duas condições: não morrer e não matar. É só nesse caso que se pode sair vitorioso de uma guerra.

Matej Soucek ria-se. Estava ali sem pensar em nada e apontava para a frente, contra os inimigos — a sua vida fazia mais sentido de cada vez que disparava.

— No final é que vamos ver, Sors. Quando isto acabar é que vamos ver quem sai vitorioso.

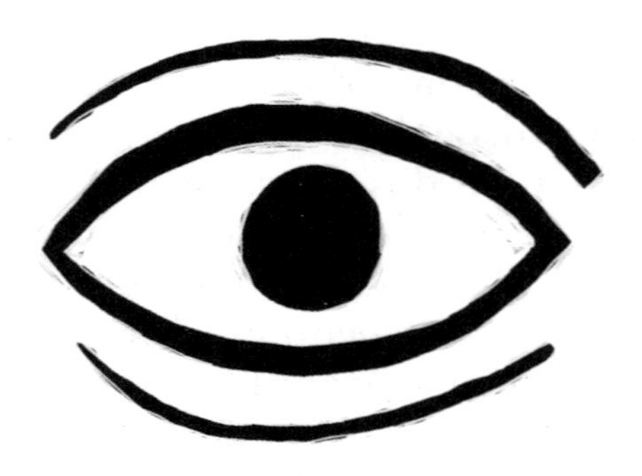

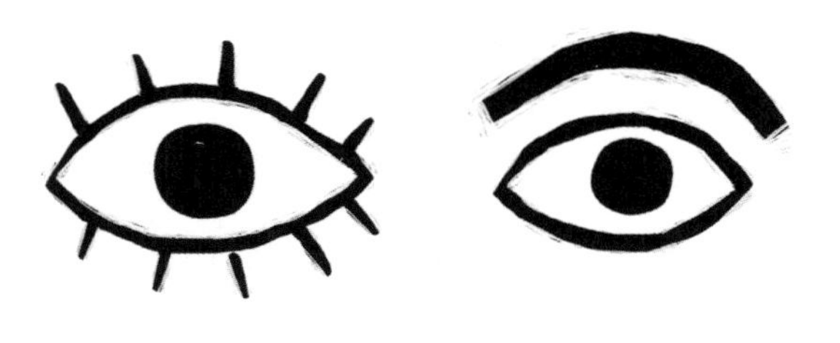

O BALOIÇO ENFERRUJADO

Sors voltou para casa uns meses antes de a guerra acabar. Entrou na sala a assobiar porque estava feliz. Ao passar pelo jardim, tinha visto o coronel a regar as flores. Möller tinha uma margarida silvestre no cabelo. Quando viu Jozef, ergueu-se, pousando o regador de metal, e apontou para a casa.

— Não percas tempo comigo — disse o coronel. — A tua mãe está lá dentro.

Jozef riu-se e correu para dentro de casa. A mãe estava a engomar a roupa, com uma bata azul-clara e um lenço preto na cabeça. Quando o viu a caminhar na sua direção soltou um pequeno grito. Ele abraçou-a porque ela não se mexia, com a mão na boca, a chorar.

Ao jantar reparou que a obsessão dela se mantinha intacta: a cadeira onde o pai se sentava, os três pratos em cima da mesa. A mãe levantou-se duas vezes para ajeitar as calças do pai, que escorregavam do assento.

Está diferente, pensou ela enquanto olhava para o filho mais velho, mas continua inquieto, a olhar para as coisas como se fizesse o pino. Nunca irá ser feliz.

— Ainda não acabou a guerra — disse Jozef —, mas ninguém quer saber de mim. É a sorte de ser invisível. Num ataque perdi-me no nevoeiro, no meio do gás. Nunca encontraram o meu corpo.

— Vens a tempo do casamento — disse-lhe a mãe.

— Qual casamento? — perguntou Jozef, levando as mãos aos colarinhos da sua camisa para os ajeitar (estavam sempre tão assimétricos).

— O casamento da menina Františka com o menino Wilhelm.

Jozef levantou-se e saiu. Procurou Wilhelm no quarto, na biblioteca e depois na sala. Não o encontrou em lugar nenhum. Saltou o muro para o jardim de Františka como sempre fizera. O vento soprava com força e as folhas dos plátanos, completamente mortas, rodopiavam como notas de música. Jozef passou pelo baloiço. Estava enferrujado. Não se deteve até chegar junto às traseiras da casa, e então sentiu as pernas a tremer. Ficou assim durante um minuto, parado. Uma criada viu-o e chamou Františka, que desceu as escadas do quarto e saiu para o quintal. Correu a abraçá-lo e até chorou de felicidade por o ver. Nunca se tinham abraçado, e aquela parecia outra Františka. Os cabelos encaracolados estavam mais soltos, como se os cabelos fossem resultado da maneira de estar. Os caracóis de Františka, pensou Sors, eram mãos fechadas e agora abriam-se em pequenas ondas. Sors sentiu a respiração dela e fez um esforço para acalmar a sua e para a sincronizar com a dela, mas era difícil. Estou tão contente, disse ela. Estava contente, não apenas por Jozef ter voltado, mas também, disse ela, porque ia casar-se em breve.

— Olha: adivinha com quem? — perguntou.

Jozef abanou a cabeça e ela disse:

— Com o Wilhelm.

E Jozef Sors abraçou-a para ela não ver que ele chorava. Ela acabou por reparar nas lágrimas dele por as sentir no pescoço e comoveu-se, pois achou que ele chorava de felicidade.

Foi a última vez que viu Františka.

OS RESTOS DE FRANTIŠKA

Quando Wilhelm Möller voltou, Jozef Sors esperava-o na sala. Tinha acendido um dos charutos do coronel e fumava-o junto à lareira. No meio do fogo, a queimar com a lenha, estava o seu caderno O Livro Infinito. Um livro com desenhos, quase todos inacabados, dos olhos de Františka, das suas mãos, dos seus dedos, das suas unhas, do seu nariz, mas também todo tipo de restos, dos restos dela: centenas de desenhos de pegadas dos seus pés, desenhos dos seus cabelos caídos nos pratos, nas mesas, no chão, desenhos de dedadas nos copos, da sua sombra nas paredes brancas, da marca que deixava nas almofadas.

Wilhelm — quando o viu junto à lareira, contemplativo e com um charuto na mão, depois de anos de guerra — correu para ele, para o abraçar. Wilhelm não sabia porque estava tão emocionado por vê-lo. Nunca tinham tido qualquer tipo de relacionamento, além da cortesia exigida pela etiqueta. Mas os impulsos são assim mesmo, esquivos a interpretações e à lógica. É por isso que caem impérios. Jozef ouviu os sapatos de Wilhelm a chiar no soalho, cada passada na sua direção como areia na língua (chegou mesmo, nesses segundos, a remexer a boca para afastar a sensação de aspereza), e fechou os punhos com tanta força que as mãos ficaram brancas. Deixou que Wilhelm o abraçasse, mas não se mexeu. Sentiu a orelha dele encostada à sua cara e abriu a boca. Mordeu-a com tanta violência que ficou com ela entre os dentes. Wilhelm cambaleou agarrado à cabeça ensanguentada. Tinha menos uma orelha. A esquerda.

***

Nem Wilhelm nem o coronel Möller fizeram queixa de Sors. O coronel limitou-se a expulsá-lo com um gesto e uma frase seca. Sors estava enterrado numa cadeira enorme, ainda com sangue nas roupas e no cabelo negro. Estava curvado, sem dizer nada. Levantou-se e perguntou o que aconteceria à sua mãe. Se quiser, pode ficar, disse o coronel Möller olhando-o nos olhos. Sors ficou pensativo e disse que não queria que ela ficasse naquela casa. Por isso levou-a e partiu com ela para Praga, onde arrendou um pequeno apartamento.

A OBRIGAÇÃO DE VIVER

Os primeiros anos foram os mais difíceis. Sors fazia todo tipo de trabalho para ganhar algum dinheiro. A mãe começou a trabalhar como criada em casa de um industrial chamado Cizek, cujo negócio de enchidos era a desculpa para a sua enorme fortuna.

Cizek era um milionário anafado que personificava o seu negócio de salsichas. A mãe de Sors tinha ali, mais do que um sustento, uma ocupação. Pois não há nada pior do que a falta de coisas para fazer. Por vezes isso é identificado com um emprego, mas na verdade são apenas coisas para fazer. A mãe de Sors só vivia se fosse obrigada. Se a mandassem fazer coisas, ela existia, mas se a deixassem em liberdade, desaparecia. Sors ficava intrigado, pois também reparava que algumas pessoas só existiam dentro de prisões. Fora delas eram uma gota no meio da água.

O dinheiro não abundava na casa dos Sors, mas dava para o quotidiano, e para o óleo de linhaça, a aguarrás e as tintas. Jozef Sors começou, nessa altura, a frequentar o curso de pintura na Academia de Artes de Praga.

Quando o dinheiro não chegava, a senhora Sors lembrava ao filho que o coronel havia criado uma conta no banco para lhe pagar os estudos. Poderiam usar esse dinheiro. Sors fingia não ouvir e continuava a passar alguma fome.

Era muito malvisto na academia, chamavam-lhe "filho do assassino"; por isso andava quase sempre sozinho, um pouco sem saber o que fazer. Aos círculos. Um movimento que Sors considerava aberrante, pois era uma dispersão.

Certo dia, Aurel Vavra pontapeou Sors sem qualquer motivo. Completamente apanhado de surpresa, Jozef, que comia nesse instante um pouco de pão com carne seca, viu-se estendido no chão. Levantou-se devagar a sentir o corpo a queimar por dentro. Era ódio. Sors não se podia permitir ter esses sentimentos, mas não há nada que fale mais alto do que os sentimentos. Por isso, pulou de tal maneira que acertou com os dois pés ao mesmo tempo no peito de Vavra. Este caiu sem sentidos, dando duas voltas no chão. O pátio da academia encheu-se de estudantes curiosos. Não há arte nenhuma capaz de convocar tantas almas quanto a violência. Sors, arquejante, ficou a olhar para o que tinha feito como se não tivesse sido ele a fazê-lo. Começou a chover e a molhar tudo de água. Sors, ao tomar consciência do que acabara de fazer, ao ver Vavra estendido, começou a correr. Durante uma semana não apareceu na academia, mas, quando o fez, Vavra aproximou-se dele para o cumprimentar. Jozef Sors tirou as mãos dos bolsos para se defender.

— Nunca ninguém me fez frente. Gosto de ti, Sors.

Estendeu-lhe a mão. Sors hesitou, ainda sem saber se não era uma armadilha. Mexeu-se lentamente e o outro, exasperado por aquela lentidão, resolveu abraçá-lo. Aurel Vavra tornou-se o melhor amigo de Jozef Sors. Não havia ninguém, naquela escola, tão odiado quanto Vavra e não havia ninguém tão desprezado quanto Sors.

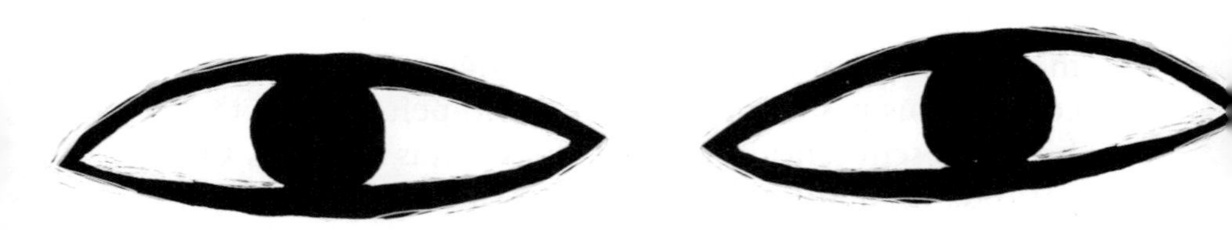

A CRIATIVIDADE É O MAIOR CRIME QUE EXISTE

As esquinas são propícias às cervejarias, pois parece que chamam clientes de um lado e do outro, fregueses perpendiculares que se cruzam a meio de uma cerveja. Era na cervejaria O Cálice onde se encontravam todos os estudantes de arte e era aí que discutiam ideias e ideais, retas que vinham de ruas perpendiculares e se encontravam na esquina.

— Uma caneca, senhor Palivec — disse Aurel Vavra enquanto puxava a cadeira para se sentar.

Jozef Sors nunca tinha entrado naquela cervejaria, devido à repulsa que provocava nos outros estudantes de arte. Naquele instante, entrar ali ao lado de Vavra deixou-o comovido.

— Uma caneca, senhor Palivec — disse Sors, elevando a voz ligeiramente acima daquilo que seria necessário para pedir uma cerveja.

— Gosto de vir aqui — disse Vavra limpando espuma dos lábios com a manga. — Especialmente por causa da caganita de mosca. O senhor Palivec tinha um quadro do Imperador da Áustria-Hungria e, como se sabe, as moscas não têm consideração nenhuma pela monarquia. Um dia foi preso por causa disso. E eu fiquei com essa história na cabeça, porque sinto que a nossa vida depende mesmo duma caganita de mosca. De resto, isto só tem um defeito: a freguesia. Os nossos colegas vêm para aqui expor os seus disparates. Felizmente ninguém ouve ninguém.

Vavra olhou para trás, por cima do ombro, e fez uma careta de enjoo.

— O espírito não existe, Sors. Só existe terra — dizia Vavra mostrando o seu punho fechado. — Terra e sangue e suor e viúvas e cerveja. A arte não são coisas penduradas na parede, é raiva e unhas sujas. Essa intelectualidade que os nossos colegas apregoam é o oposto da arte. O chão e o lixo, quando acordam e olham para si, é que são arte. As coisas lavadas e brancas são o oposto. A arte é o maior crime da humanidade, pois vai contra todas as leis e contra tudo que é estabelecido e seguro. É o maior crime que a sociedade pode imaginar, pois é através dela que tudo se destrói. Esses que falam em criatividade não sabem o que é criar. Destrói, esmaga, e sob os teus pés nascem as ervas. Não é preciso construir, é preciso destruir. Arrasamos todas as ideias feitas, todas as instituições, todos os monumentos, e dos escombros naturalmente nascerão coisas. E o artista estará lá para as destruir, para que nasçam outras. Somos Kali, amigo Sors, somos um deus terrível. Se formos menos do que isso, não somos nada. Ou somos o terror a pairar sobre o abismo, ou somos os homens de gravata a contar o dinheiro. Tens de escolher um lado, Sors, tens de escolher um lado.

Jozef Sors não partilhava, mais por temperamento do que por qualquer outra coisa, as ideias de Vavra, mas deixava-se levar pelo entusiasmo. Vavra parecia mais poderoso do que o mundo. Não queria saber de metafísica e assegurava que a vida eterna existia, não porque existisse, mas porque ele assim o queria. Dois mais dois podem ser quatro para toda a gente, mas ele era um destruidor de todas as certezas e de todas as ideias feitas, por isso, se ele quisesse, dois mais dois seriam meia dúzia de ovos. Vavra fechava os punhos e era assustador.

— A ressurreição não existe, mas ninguém me impedirá de me levantar da minha campa. Se me apetecer.

PENTE DE PLÁSTICO
OU A ARTE SERVE PARA SE VER
AQUILO QUE NÃO SE VÊ

Um dia, Sors teve a ideia de criar um museu num depósito de armas abandonado. Seria constituído por peças completamente desprovidas de interesse.

— Os visitantes é que devem contribuir para que os objetos tenham alguma história. Quando as pessoas são confrontadas com um espaço sem qualquer interesse, elas veem-se a si próprias. Não há ali mais nada. É um espaço de confrontação. Um espaço violento em que nos vemos expostos.

— Mas por que motivo haveremos de ter objetos sem interesse em vez de nada? — perguntou Vavra.

— Porque se só houvesse nada, ninguém iria. Havendo alguma coisa — que represente o nada —, as pessoas interrogam-se: o que são objetos desprovidos de interesse? E, para não se confrontarem consigo próprias, inventam histórias sobre esses objetos.

Ao início, o museu tinha artigos de moda, imagens dos últimos modelos de roupa, imagens dos carros mais modernos etc. Mas tudo isso, apesar de vão, era uma distração, por isso Sors optou por coisas realmente aborrecidas.

— Como este pente de plástico — dizia Sors.

Os projetos de Vavra eram menos pacíficos.

— Temos de acabar com a segurança dos encostos. As cadeiras não devem ter encosto, pois isso é um símbolo do homem acomodado. A partir de hoje, Sors, só nos sentamos em bancos. Amanhã irei pessoalmente, à noite, destruir todos os encostos da academia. É indigno que um artista se encoste. Vens?

— Fico a tomar conta do museu.

— Os mortos que tomem conta dos mortos — disse Vavra, e virou-lhe as costas.

Os encostos foram brutalmente destruídos, mas Vavra fora apanhado pela polícia em pleno voo, enquanto se projetava num pontapé rigorosamente marcial contra o encosto de uma cadeira. Os pais de Aurel Vavra fizeram com que a carreira artística de Vavra se transformasse numa carreira de empresário de curtumes.

Nunca mais foi à academia, mas um dia, estava Sors sentado no chão a ler, ele apareceu no Museu das Coisas Inúteis. Jozef Sors levantou-se pronto para o abraçar, mas Vavra não estava tão expansivo como antes.

— Acabou a arte. Agora são peles.

— O que é que queres dizer com isso?

— Vou trabalhar na fábrica do meu pai.

Sors não disse nada. Aquele era o homem que era capaz de fazer com que os resultados matemáticos fossem resultados emocionais, capaz de fazer com que a soma de dois mais dois fosse uma maneira de estar criticável. E, de repente, era um vassalo do sistema de peles.

— Boa sorte — disse Sors.

— Sei que te desiludo, mas isto é um trabalho que tem de ser feito. A sociedade, se a queremos mudar, temos de ter o poder para o fazer. Começo com as peles, mas daqui a uns meses subo na vida. E quando estiver lá em cima, é fácil mudar o que estiver em baixo. Vais ver. É preciso chegar ao topo para destruir com eficácia. Cá de baixo não conseguimos fazer nada. Ouve, essa tua teoria do problema do Andronikos na Árvore da Lei é patética. Vais crescer como um poste e não como uma árvore. Sem a dispersão não há frutos. Vais ser um poste, Sors. Sem frutos.

Sors não disse nada. Apenas sorriu com desdém. Depois levantou-se, atirou o chapéu contra o chão e começou a caminhar para a saída. Vavra gritou:

— Vais-te embora? Não sejas ridículo, Sors. Ou um dia serás apenas um objecto deste museu, como aquele pente de plástico.

RETAS AOS ESSES

Foi precisamente nessa altura que Sors fez a sua primeira exposição. Pintou cerca de duas dezenas de quadros que pendurou pelas ruas do bairro judeu de Praga. As pinturas representavam um buraco na parede e através desse buraco via-se uma cena quotidiana.

Sors pendurou os seus buracos pintados o mais alto possível para evitar que fossem roubados (algo que aconteceu nas duas primeiras noites). Para o espectador, parecia que havia um buraco na parede de um edifício e dava para ver o que se passava lá dentro. Sors tinha pintado, dentro dos "buracos", cenas da vida quotidiana, coisas banais (mas por vezes terríveis, pois as cenas banais que existem dentro das paredes são, muitas vezes, crimes). A arte serve para ver o interior das coisas, disse Sors. Atravessar as paredes e mostrar aquilo que não se vê, o que está escondido.

Cerca de um mês após a sua primeira exposição, a dos buracos, Sors começou a perder a visão. Na verdade, conseguia ver muito bem, mas tinha a nítida sensação de que não conseguia ver a luz tão bem como dantes. Fazia muitas experiências com folhas brancas para tentar perceber matizes. Mas, a cada dia que passava, sentia-se a perder a capacidade de perceber a luz. O que ele via eram gradações de sombra.

A sua mãe continuava a pôr a mesa para o seu pai e a manter intacto o espaço que ele deveria ocupar na cama. Sors teve mesmo de comprar uma cama de casal.

Foi também nesse período que começou a desenhar caricaturas para um jornal satírico. Sors perdia a luz, mas andava radiante.

***

A crença na verticalidade era algo cada vez mais presente no pensamento de Sors. Enquanto os homens andavam sobre um plano, na horizontal, como se estivessem mortos, ele andava na vertical. Podava constantemente os seus desejos, para que tivesse apenas um, o de crescer para cima. Sors começou, em criança, por desenhar circunferências, para mais tarde vir a abominá-las e a considerá-las a forma do próprio Mal. Platão estava completamente errado quando dizia que o círculo era a perfeição. A certa altura, escreveu um manifesto onde lançava as bases para uma vida reta. Intitulou o texto "Regras para a condução da vida e a ascese através da arte, evitando a abominação da dispersão circular". Colou o seu manifesto pelas paredes de Praga numa ação a que chamou "a instrução dos simples". O texto começava assim: "Desprezamos tudo o que é circular.

Ou seja, o próprio mundo. Anda tudo à volta de tudo, e as retas não existem na realidade. Por isso, é preciso criá-las, estar constantemente a evitar a natureza e o modo como ela nos desvia do nosso caminho. Anda tudo aos esses. Moisés andou quarenta anos no deserto para chegar a algo que, em linha reta, estaria a pouco mais do que umas dezenas de quilômetros. A reta, que não existe, deve ser alcançada pelo esforço. Se Deus não a criou, o homem fá-la-á ao caminhar. A direito, homens! Sem dispersão, sem frutos, sem filhos, sem família, sem nada que nos distraia de chegar mais longe. Sem ramos. A arte está no infinito, e uma pessoa tem de construir uma reta para chegar lá. Não se chega ao impensável aos esses. Isso é bom para gatos, bêbados e pessoas. Os artistas, os verdadeiros, vão a direito."

Sors não considerava a amizade uma dispersão, mas uma reta paralela, como os tutores que se prendem às árvores para que cresçam direitas e o vento não as derrube. Por isso, sentia que sem Vavra a sua caminhada se tinha tornado um pouco mais difícil. O caminho a direito é solitário e estéril. Sors sentia-se cada dia mais triste, cada dia mais só. A sua mãe reparava nisso e pensava: os artistas veem coisas novas nas coisas velhas. Coitados. Destroem tudo, todo o conforto, toda a paz. O meu pobre filho! Quem me dera ter dado à luz um advogado ou um médico. São muito mais felizes.

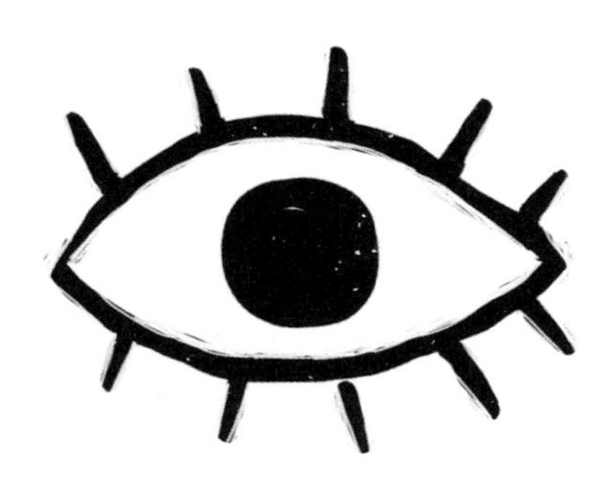

TRÊS PRATOS À MESA

Um dia chovia bastante e Jozef Sors chegou à casa todo molhado. Mudou de roupa e disse à mãe que o jornal para onde fazia caricaturas tinha fechado. Ela sorriu como se não percebesse e disse que o pai arranjaria uma solução. Está morto!, gritou Sors. Morreu porque era um assassino. A mãe sorriu, como se tivesse pena dele. No dia seguinte, Sors viajou até Bratislava para internar a mãe num hospício.

Quando a deixou lá, ouvia gritos por todo o lado e não sabia se eram gritos dos loucos ou gritos da sua cabeça. Mas não se voltou nem abrandou. Percorreu o enorme corredor que dava para a rua sem se deter. As janelas com grades de ferro tentavam iluminá-lo, mas eram as sombras que o atingiam. O chão de mármore, sempre tão frio, parecia areia. Pareceu-lhe ouvir a sua mãe a chamá-lo, ao longe, do outro lado do corredor. Sors sentia distintamente os seus passos tornarem-se cada vez mais difíceis e os sapatos a ficarem cheios de areia. Mas Sors não se deteve e não olhou para trás. Quando chegou à saída, empurrou as enormes portas de madeira escura e o ar frio bateu-lhe no rosto. Mais uma vez pareceu ouvir a sua mãe a chamá-lo, mas eram tantos os gritos à sua volta... Sors não vacilou. Saiu, desceu as escadas de granito, e as portas fecharam-se atrás dele.

A primeira semana foi muito dolorosa e Sors não saiu de casa. Ficou deitado debaixo de um cobertor velho, esburacado pelas traças do tempo. Chegou a ter febre, mas, entre os suores frios, considerava todas as suas ações. Fiz bem, pensava ele. Preciso de tempo, de liberdade, de podar a minha vida para andar na vertical. Todas as preocupações que me distraem da subida devem ser esquecidas, destruídas ou internadas. Fiz bem, dizia Sors para si próprio.

Os dias foram-se sucedendo e Sors tinha pesadelos, suava, tremia. A certa altura começou a pôr três pratos à mesa: para o pai, que tinha sido executado e que fora um assassino, e para a mãe, que estava num hospício. Deitava as roupas de ambos os pais na respetiva cama. Fazia isso todos os dias, tal como a sua mãe costumava fazer. Os mesmos gestos, o mesmo ritual.

Via cada vez menos luz, cada vez tinha mais sombras nos olhos. Foi ao médico e suspeitaram de uma retinite pigmentosa. Começou a pôr colírios e um unguento, mas não melhorava, serviam apenas, diziam, para aliviar sintomas. Procurou uma segunda opinião. A sentença foi ainda pior: o gás mostarda tinha-lhe danificado o nervo ótico. Só poderia piorar.

Procurou emprego, mas as coisas estavam cada vez mais difíceis. Sors tinha algum dinheiro numa conta bancária que o próprio Möller havia criado e alimentado (para pagar os teus estudos, dissera o coronel). Sors nunca mexeu nesse dinheiro, mesmo em alturas de maior dificuldade. Nesse ano, por várias vezes se dirigiu ao banco, mas resistiu, mesmo quando não tinha dinheiro para a renda. Desde que tivesse alguma coisa para comer, seria preferível não gastar aquele dinheiro. Queria usá-lo em algo especialmente útil para a sua vida.

Continuava a ir às aulas, mas já não tinha motivação. Andava sempre sozinho, com os seus cadernos, o Livro dos Olhos Abertos (volume XXI) e o Livro dos Olhos Fechados (volume XXV), mas praticamente já só desenhava no segundo. Os outros alunos de pintura riam-se das suas roupas remendadas, demasiado usadas.

Um dia, a tia de Matej, o seu ex-companheiro de guerra, bateu-lhe à porta com um recado do sobrinho: ele agora estava nos Estados Unidos. Era feliz. Abriu um restaurante. Sors sentou-se em frente à janela para ter alguma luz. Mas parecia que a janela estava fechada. Começou a escrever ao seu antigo companheiro de pelotão: Caro Matej...

Um mês depois recebeu a resposta, uma carta de Matej Soucek que dizia:

A vida não é fácil em lado nenhum, Jozef. Mas consegui abrir um restaurante num bom local e a vida corre-me bem. Foram anos para o conseguir, trabalhei em todo o lado até conseguir acumular algum dinheiro. Um dia, quando voltava para casa, depois de mais um dia de trabalho duro, encontrei sentado à minha porta um pedinte. Não tinha pernas e usava, pendurado ao pescoço, um pequeno cartaz que dizia: sou metade do homem que costumava ser. Tive pena dele, ali a dormir ao frio, por isso subi até ao meu apartamento e fui buscar um bocado de pão e queijo. Falámos um pouco, e quando ele começou a arrastar-se para se ir embora fiquei sem saber como agir e acho que fiz a única coisa que um homem decente deve fazer. Perguntei-lhe se tinha onde dormir e ele apontou para o chão. A minha pergunta foi estúpida, mas nós somos sempre estúpidos quando lidamos com essas situações. Por isso, perguntei-lhe se ele não queria dormir no sofá. Ele disse que não, obrigado. Eu insisti e sugeri que pelo menos poderia beber um whisky para aquecer. Ele concordou, mas não deixou que eu o ajudasse. Subiu as escadas graças a um esforço tremendo. Ficámos a falar durante horas, bebemos uma garrafa inteira, e ele disse-me que tinha sido cozinheiro, um excelente cozinheiro. Tinha trabalhado em bons restaurantes, nos melhores hotéis. Quando uma gangrena o fez perder primeiro uma perna e depois a outra, nunca mais arranjou trabalho. Acabou por dormir lá em casa nessa noite. Já estava à vontade comigo e até me disse quando se deitou: tenho a vantagem de não cheirar mal dos pés. Acordei no dia seguinte com uma ideia: abriria um restaurante com o Victor (que é o nome dele). Uns meses depois descobri o lugar certo para o nosso negócio, o que não é uma coisa fácil. O Victor correspondeu às melhores expectativas e o restaurante é elogiado. Os pratos são mais simples do que aqueles que ele costumava fazer e o lugar não é nenhum hotel de cinco estrelas, mas é um espaço acolhedor com boa comida. As pessoas não pagam muito e sentem que vale a pena. Tudo isso ainda me parece um conto de fadas, daqueles em que ajudas um pobrezinho e acontece um milagre.

Se quiseres vir para cá, podes contar com a minha ajuda. Vêm cá uns clientes que negoceiam com arte a quem te posso apresentar. Mas se a pintura não der para viver, sempre podes servir à mesa.

O dia em que recebeu a carta de Matej Soucek foi o último dia em que pôs três pratos à mesa e as roupas dos seus pais na cama.

No dia seguinte Sors foi até ao banco e levantou todo o seu dinheiro. Um mês depois estava no outro lado do Atlântico. Não se despediu da sua mãe. Aliás, nunca a visitou; limitou-se a enviar a morada de Soucek num telegráfico bilhete.

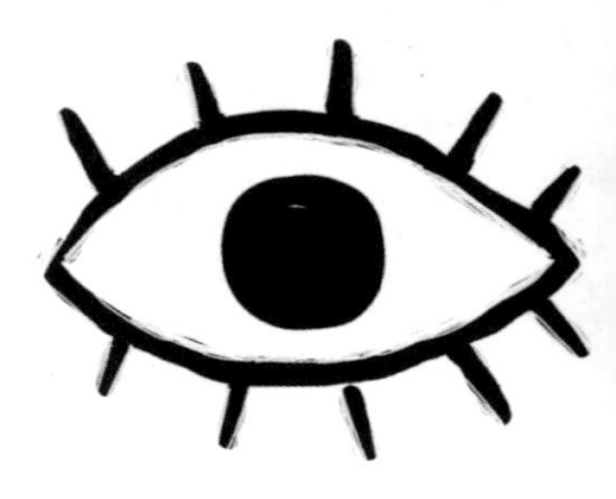

O PASSADO NUNCA FICA PARA TRÁS

No apartamento de Matej Soucek, Sors começou a pintar compulsivamente. Sentia-se melhor dos olhos, apesar de dificilmente ver alguma luz. Os quadros eram sinistros, mas tiveram alguma aceitação, e Sors deixou de servir à mesa. Seis meses depois, já tinha condições para alugar um apartamento, e por isso saiu da casa de Soucek.

Além de algumas exposições com relativo sucesso, conseguia trabalhos esporádicos de ilustração. Em 1929 fez uma série de retratos que ilustraram um livro cujo tema era a tolerância religiosa entre cristãos e judeus. Foi nesse ano que começou a Grande Depressão. Mas não tão grande quanto a de Sors.

Os primeiros anos nos Estados Unidos foram uma ilusão. O seu passado parecia ter ficado definitivamente para trás, mas o passado nunca fica para trás. Anda sempre conosco. Mais ainda, vai à nossa frente — o futuro, só o vemos através desse passado.

NÃO HÁ MAL EM TEMER A MORTE. HÁ MAL É EM TEMER A VIDA

Não há mal em temer a morte. Há mal é em temer a vida. E Sors temia ambas. A certa altura já quase não saía de casa, andava sempre sozinho, comia sozinho e dormia sozinho. Bebia demasiado e fumava um cigarro atrás do outro, tal como Wilhelm lia livros — a última página de um livro era a primeira do seguinte. Sentia-se impotente para combater a dispersão e sofria com isso. Por vezes bebia ainda mais para conseguir conviver com aquilo que ele achava ser a maior fraqueza: os esses que a vida, naturalmente, nos faz dar.

Nos primeiros anos da década de trinta, ainda saía umas vezes com Matej Soucek. O restaurante tinha fechado, não tanto por causa da depressão mas por causa da morte de Victor. Soucek dedicava-se agora ao contrabando de bebidas, e Sors encontrava-se com ele em bares clandestinos e bebiam até não poderem mais. Cantavam músicas austríacas e checas e eslovacas, músicas das suas infâncias, e quando o faziam era como se voltassem a ter quatro anos. Františka tinha razão: quando se canta, as coisas voltam ao seu estado original.

A maior parte das vezes acabavam por ser expulsos. Ao fim da noite, Matej Soucek arranjava sempre maneira de bater em alguém, enquanto Sors nem parecia reparar, inclinado, a acender cigarros atrás de cigarros. Soucek trazia sempre, além de uma soqueira de ferro, uma namorada diferente, e aconselhava a Sors umas amigas. Este fazia uma cara tão enjoada — não tanto por causa de "o problema da dispersão e a lei de Andronikos relativa à árvore de Dioscórides" mas porque as relações lhe eram fastidiosas — que Soucek foi deixando de tocar no assunto. Os artistas são indivíduos esquisitos que não gostam da humanidade, dizia Matej Soucek. Estão sempre a olhar para as coisas e a desenhá-las mentalmente, a riscar tudo o que veem.

À medida que o tempo foi passando, Sors foi-se afastando, acabando por deixar de se encontrar com Soucek.

Raramente desenhava se não fosse a isso obrigado pela profissão. Apesar disso, não conseguia olhar para nada sem mentalmente desenhar o que via. Soucek tinha razão: riscava sempre tudo o que via.

PERDOAR É UM LUXO

Ao cabo de um ano, recebeu uma carta. O remetente era o coronel Möller. Sors leu aquele nome com espanto, abanando a cabeça. O coronel dizia-se preocupado com a mãe de Jozef:

Costumo visitá-la regularmente — aliás, foi no lar que me deram a tua morada — e levar-lhe doces, falar de ti. Invento tudo, pois sobre ti e a tua vida para lá do Atlântico nada sei. A tua mãe só pensa em ti e no dia em que irá viver contigo. De resto, não a tratam muito bem, sendo ela judia num tempo destes.

Escrevo-te esta carta porque as visitas que tenho feito à tua mãe irão acabar em breve, pois, por motivos políticos, vejo-me obrigado a abandonar o país. Parto com o meu filho Wilhelm quase todo (como tão bem sabes, deixou uma orelha para trás, no seu passado) e com a minha nora para a Alemanha. Mas acho que tu, que sempre tratei como um filho, deves tirar a tua mãe do hospício insalubre onde a meteste e levá-la para a América. Não me quero intrometer na vossa vida, nem na tua nem na dela, mas é importante que ela não fique ali sem visitas, sem saber de ninguém.

Sors rasgou a carta. Estava irritado.
Voltou a receber mais cartas do coronel:

Wilhelm vai ser pai e eu vou ser avô. Espero que o bebê não saia ao pai, pois temo que possa nascer com menos uma orelha. Mas creio que isso não te interessa nada. Volto a escrever-te pois as notícias não são as melhores. Os judeus não estão a ter a vida muito fácil por estes lados. Seria conveniente tirar a tua mãe do hospício o quanto antes.

Sors rasgava todas as cartas. E voltava a receber mais. Numa delas, o coronel Möller contava como tentara tirar a mãe de Sors do hospício através de um amigo (do Havel Kopecky, lembras-te dele?). Em vão. Exigiam a autorização de Sors.

Noutra dizia:

Imagino que a vida não te tenha facilitado a digestão, pois ainda tens uma orelha no estômago, mas, como sabes, o mais exótico atributo do homem é o perdão. Matar, qualquer animal o sabe fazer, mas perdoar é um luxo. Não esquecemos as coisas, mas elas já não nos tocam. Quando o Wilhelm começou a usar óculos, ri-me do modo como eles descaíam devido à falta de apoio do lado esquerdo. Disse-lhe assim: Tenho um filho que parece o Van Gogh, mas o pintor é o Jozef. Ao que ele me respondeu: Deve ter ficado com a parte artística na boca. Bom, não volto a falar em orelhas, apesar de sentir que é um pedaço da anatomia humana que nos impede de voltar a ter o relacionamento que tivemos. Mas insisto: tens de tirar de lá a tua mãe.

Na última carta o coronel disse:

se não receber uma resposta em breve, irei aos EUA para falar contigo pessoalmente. E, se for preciso, puxo-te as orelhas.

(Mais uma referência a orelhas, pensou Sors. Talvez tenha perdoado, mas realmente não esquece.)

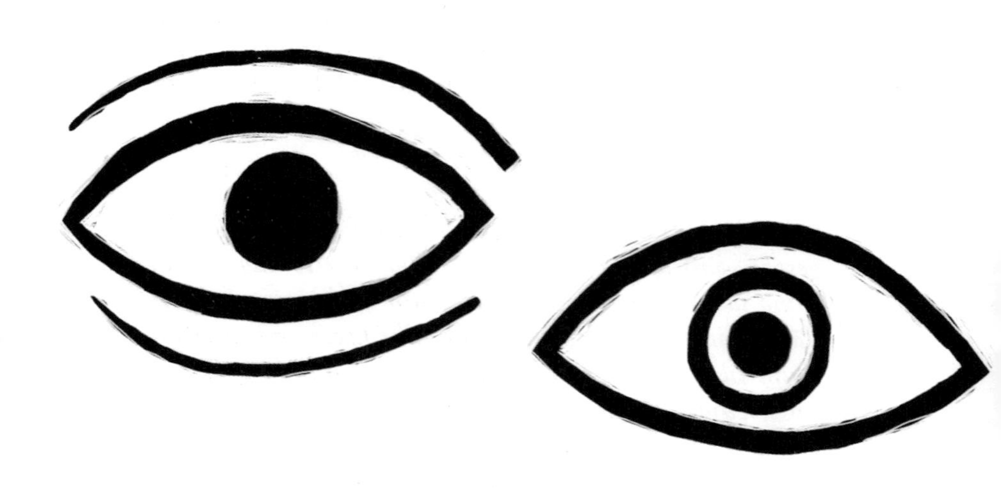

SEM UMA GOTA DE LUZ

A princípio, quando chegou aos Estados Unidos, os olhos de Sors pareceram ter melhorado, mas com as cartas do coronel começou a sentir novamente aquelas sombras que eram como casacos em cima de casacos. Sors dizia que os olhos têm dois estados naturais: fechados e abertos. E ainda mais dois estados, perpendiculares aos primeiros: acesos e apagados. Ora, os seus estavam apagados. Sors estava incapacitado de ver aquilo que os homens designam por "a sua expressão iluminou-se", ou "os olhos brilhavam", ou ainda "o mundo encheu-se de luz". Eram essas coisas que Sors não via. Estava condenado às sombras. Sors até via bem, nem sequer usava óculos, mas o seu mundo eram gradações de sombras. Sem uma gota de luz.

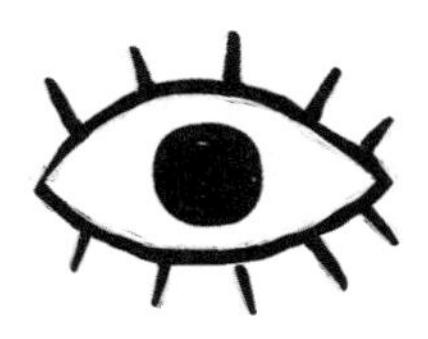

UM DIRIGÍVEL EM CHAMAS

Todos os dias comprava o jornal. Lia enquanto comia pão e bebia café. E numa manhã de maio de mil novecentos e trinta e sete, Jozef Sors leu a notícia do desastre do dirigível Hindenburg, uma máquina grandiosa com mais de duzentos metros de comprimento. Tinha atravessado o Atlântico, da Alemanha até os EUA, e incendiou-se quando pousava em Nova Jersey. Sors passou os dedos pela notícia, sem qualquer reação, mas os seus olhos pararam na lista de vítimas do acidente. Treze passageiros, um técnico que estava em terra e vinte e dois tripulantes tinham perdido a vida. Sors entornou o café quando, entre aqueles nomes, leu:

Coronel Gustav Möller.

Depois do acidente do Hindenburg, Sors passou mais dois anos com a sua solidão do costume, antes de tomar uma decisão fundamental. A morte do coronel servira como uma semente. Enterram-se os mortos e nasce qualquer coisa nos vivos. Foi assim com Sors. Começou a crescer dentro dele um mal-estar tão grande que já não lhe cabia no estômago nem na vida, nem nas gavetas da cômoda, nem debaixo da cama (que é onde se guardam os monstros), nem em lado nenhum.

Então, pousou o livro que estava a ler para se distrair e disse para si mesmo: volto a Bratislava e trago para cá a minha mãe, que abandonei naquele hospício.

Durante um momento muito fugaz, as cores voltaram à sua face e os olhos adquiriram um brilho muito tênue.

O PRINCÍPIO E O FIM SÃO A MESMA ÁGUA SALGADA

Bratislava era outra cidade. Sors caminhava pelas margens do Danúbio, onde tinha desenhado tantas árvores, e tantos olhos abertos, e tantos olhos fechados. Sentou-se na margem mais feia — que era a sua preferida — e pensou: o rio nunca se arrepende, nunca volta para a nascente. Quando resolve desaguar é como o tempo. Ambos correm em direção ao mar e nunca voltam para trás. Imagino como será o mar do tempo, onde os dias desaguam. Imagino os séculos de coisas que se acumulam e os peixes fabulosos que nadam nessas águas. Está lá todo o passado e todo o futuro, tudo ao mesmo tempo. E quando olhamos para ele não percebemos o que está antes e o que está depois, porque esse tempo já não é o Danúbio, é o mar, e o mar não tem nascente nem foz. Onde está a nascente do mar? Onde é que o mar desagua? E nós não sabemos responder a isso, pois o princípio e o fim são a mesma água salgada.

Hospedou-se no centro, numa pensão que ficava por cima duma cervejaria. Dormiu mal, e de manhã acordou no meio da sua infelicidade — agravada por uma dor nos rins que pareciam agulhas a serem espetadas. Olhou para o tempo que fazia lá fora e ficou contente por ver tudo nublado. O céu era como ele. Espreguiçou-se em frente ao espelho, lavou-se e vestiu-se. Ajeitou os colarinhos da camisa branca (ficavam sempre tão assimétricos) e desceu as escadas até à cervejaria. Bebeu umas pilsener em vez de beber café e fumou uns cigarros enquanto olhava pela janela. Aquela era outra cidade. Um homem não consegue visitar a mesma cidade duas vezes, pensou ele. Tirou o seu caderno O Livro dos Olhos Fechados (volume XXVII) e começou a desenhar os olhos fechados de um homem que dormitava na mesa imediatamente ao seu lado. Sors pegou na chávena de café que o homem tinha bebido e molhou o indicador nas borras. Depois passou o dedo pelo seu caderno, como uma carícia, pintando os olhos fechados com umas olheiras pesadas de café. Limpou o dedo à toalha da mesa e levantou-se para apanhar um elétrico. Reparou nas caras que passavam por ele, tentando reconhecer alguém, mas o tempo transformara tudo em areia.

AS GALINHAS DE BERTRAND RUSSELL

O futuro não existe, como todos sabemos. O futuro será sempre uma coisa a provar. A única coisa que todos nós vemos é o presente. O futuro, bem como o passado, não passam de memórias e previsões. Coisas que não têm existência senão dentro de nós. Porém, até os maiores céticos creem no futuro. Como se ele existisse realmente, como se existisse fora de nós. É uma crença coletiva, apesar de apenas vermos o presente. Mas intuímos, o que abre o espectro da nossa percepção. Se podemos crer em algo que nunca vimos, será que não podemos acreditar em várias outras coisas que nunca vimos?

Um cético dirá que é muito simples: o dia de amanhã acontecerá porque tem acontecido desde sempre. Mas é o erro, o famoso erro, do indutivismo. Como o provam as galinhas de Russell:

Imagine-se uma capoeira onde uma das galinhas é mais bem alimentada do que as outras. Ela diz, ufana, que o criador de galinhas gosta mais dela do que das outras. E o fato de isso acontecer todos os dias reforça essa crença. Todas as galinhas estão convencidas da preferência do produtor. Todos os dias ele dá mais comida à sua favorita. E um dia mata-a para fazer um guisado. É preciso muito cuidado com o indutivismo que nos faz crer que o dia de amanhã seguirá o dia de hoje porque tem acontecido assim desde sempre. É que o futuro, entretanto, pode ter-se transformado em areia.

Sors, quando saiu do elétrico, não reconheceu o lugar. Perguntou a uma senhora que passava para ter a certeza de que estava na praça certa (na praça dos loucos, como era conhecida). O hospício deveria estar ali à sua frente, mas o hospício já não existia. Voltou para a pensão sem saber o que fazer.

Durante um mês inteiro voltou à mesma praça, na esperança de que o hospício voltasse a aparecer no lugar onde sempre estivera.

Não está provado que o dia de amanhã seja sempre o seguimento do dia de hoje. Tem acontecido, mas nada nos garante que não deixe de acontecer. Era por isso que Sors, durante um mês, desaguava na praça dos loucos com a esperança (improvável, mas indutivamente aceitável) de ver o hospício onde deixara a sua mãe.

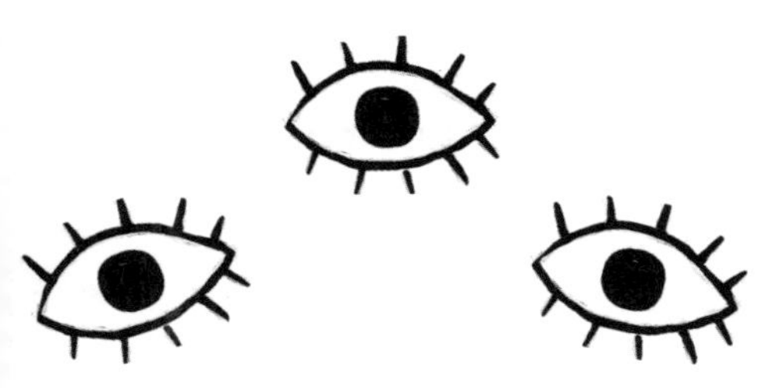

O LIVRO DO ABSURDO

Um dia sentou-se no chão e tirou um caderno novo, por estrear, O Livro do Absurdo, e começou a desenhar o hospício que já não existia. Um homem que passava por ali parou por trás de Sors — este virou-se com as sobrancelhas carregadas. Não gostava nada que, quando desenhava, estivessem a olhar para os seus desenhos. Importa-se?, disse ele.

O homem não se mexeu e, inclinando a cabeça, comentou:

— Parece-me que o desenho que está a fazer é o antigo hospício que aqui existia. Foi deitado abaixo há cerca de um ano e meio. Talvez um pouco mais. Moro ali em frente.

O homem apontava para o outro lado da praça, para um prédio amarelo.

— Moro naquele amarelo. Ali ao fundo.

Sors perguntou pelos pacientes e o homem foi peremptório:

— Eram só judeus, era um hospício só para eles. Foram todos abatidos dentro do edifício. Nenhum chegou a sair. Ouvi gritos a noite toda, e tiros, e risos. Ao que parece, não faria sentido levá-los para um campo de concentração.

***

O tempo é de vidro, repetia Sors enquanto pontapeava o ar, enquanto olhava para o proprietário do apartamento do prédio amarelo, enquanto pontapeava tudo. Mas a ampulheta não se partia. Sentiu a boca cheia de areia e já só via escuridão. Maldita retinite pigmentosa, pensava ele. Baixou os braços, completamente derrotado, e ficou parado a olhar para o tempo a passar como um rio, sempre para o mesmo lado, sempre para a infelicidade. Deixou cair no chão o seu caderno novo, O Livro do Absurdo. De repente, começou a correr com os braços abertos como se fosse um avião. Haveriam de apanhá-lo e levá-lo para morrer num daqueles lugares horrorosos onde não brilha nenhuma luz, mesmo quando o sol está a pique. Correu pela rua abaixo em direção à sua detenção e acabou mesmo por ser preso. Soltaram-no duas semanas depois, aconselhando-o a não deixar o país. Foi a primeira coisa que Jozef Sors fez: sair do país. Decidiu voltar para os Estados Unidos, não porque esperasse alguma coisa da vida, mas por instinto. Arranjou um passaporte falso e passou a fronteira para a Áustria, depois para o Norte de Itália e Suíça (onde esteve preso duas semanas por causa dos documentos). A prisão suíça era tão confortável que Sors fez os possíveis por ficar detido. Tinha as atitudes mais extravagantes com a esperança de que o mantivessem lá. Por causa disso decidiram enviá-lo para avaliação psiquiátrica. O Dr. Baudraz mandou-o sentar-se com um gesto rápido. Ajeitou os óculos e começou a rabiscar o seu bloco de notas antes de dizer a primeira palavra. Quando Sors começou a falar, ele interrompeu-o com a mão. Saiu da sala e mandou-o internar. Durante uns dias Sors ficou num belíssimo hospital psiquiátrico. A liberdade era tão grande que sentiu umas melhoras nos olhos. Sors podia andar nu, insultar quem quisesse, gritar, enfim, tinha descoberto a verdadeira liberdade. Sem convenções sociais, sem limites, sem diplomacia. Sors estava encantado, mas ao fim de dois dias de experiências já havia pouco para fazer e já não se sentia livre. É esse, aliás, o problema da liberdade: se é muita, tudo pode ser tudo, não há limites para nada, não há obstáculos, e o aborrecimento instala-se. Sors, nessa altura, pensou na importância das fronteiras. Fazem com que não percamos a nossa identidade. A liberdade é o maior inimigo da identidade e uma pessoa tem de arranjar um equilíbrio entre ambas.

Acabaram por mandá-lo embora, não por estarem seguros da sanidade mental de Sors, mas por um engano burocrático de um enfermeiro que trocou as fichas de dois dos pacientes. E Sors viu-se de novo na rua e ao frio. Retomou a sua viagem — com o objetivo de chegar a Lisboa e apanhar um transatlântico para a América —, atravessando todo o Sul de França e depois os Pireneus.

Conheceu em Espanha um casal com quem passou umas noites a beber vinho. Ela chamava-se Helen, e ele, Schwarz. O que Sors pôde constatar foi muito simples. Ela tinha a estranha força de quem, face à sua mortalidade (estava muito doente, podia-se ver facilmente, não pelas olheiras, mas pelos atos), sabia viver. Era uma mulher bonita, com a coragem daquelas pessoas que não têm nada a perder. Sors pensou: é triste que só se viva quando se tem um abismo debaixo dos pés. Seria perfeito se pudéssemos sentir a mesma coisa deitados num sofá. Mas só no abismo é que vivemos. Aquela Helen era uma equilibrista, via-se pelos olhos arredondados, pelo modo como mexia as mãos. Sors desenhou-a mentalmente para a compreender. Era simples, tinha um vazio e isso bastava-lhe para ser uma pessoa com toda a sua carne. Uma mulher na sua totalidade. Schwarz, por seu turno, parecia imortal, tal era o modo como lidava com as coisas. Se temia mais do que Helen, a verdade é que não arriscava rigorosamente nada. Bebia o seu vinho e tremia, fumava e temia. Serviram-lhes tapas de polvo e de carnes fumadas. Era tudo tão gorduroso que Schwarz foi, a certa altura, apanhar ar.

Quando voltou, Sors resolveu perguntar:

— Podem fechar os olhos durante uns minutos?

— Tive os meus olhos fechados a vida inteira — disse Schwarz.

— Melhor ainda: desenharei os seus olhos abertos, que são olhos que estão sempre fechados.

Sors pegou no seu caderno Os Livros dos Olhos Fechados e começou a desenhar. Uns meses depois haveria de ir parar debaixo de um lava-loiças.

O LIVRO DOS OLHOS APAGADOS

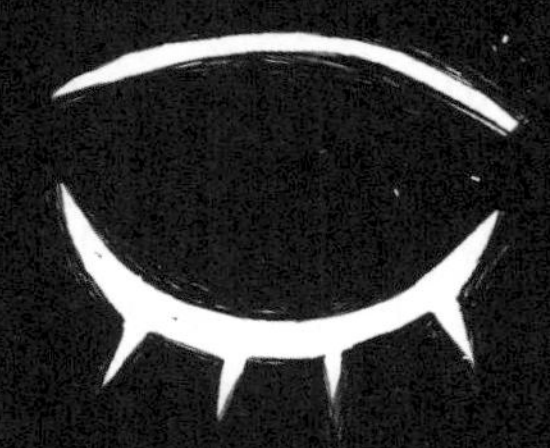

UMA PONTE ENTRE DOIS FRACASSOS

Os tempos não estavam para risos, mas os portugueses passeavam pelas ruas a rirem-se. Sors achava tudo despropositado. Ninguém pode rir quando há nazis. Não há nada mais incompatível.

Sors chegou a Lisboa em junho de mil novecentos e quarenta, e nessa altura via pessoas alegres, as ruas cheias de gente. À noite viam-se marchas populares, estava tudo iluminado. De onde Sors vinha, andava tudo às escuras, tudo de olhos apagados. Era preciso desaparecer, apagar tudo, de modo a que os aviões não vissem as suas presas lá do alto. Lisboa era exatamente o oposto.

Comiam-se sardinhas (bastante gordas, por sinal), e o passado português era exaltado: o império, as colônias, os Descobrimentos. Sors sentou-se numa pastelaria da rua Garret, cruzou as pernas e acendeu um cigarro. Bebeu um café (que achou demasiado torrado, demasiado amargo) e ficou a sentir o Sol a bater-lhe na cara. Havia muito tempo que não sentia o Sol. Lisboa era cheia de luz, apesar de Sors não ver nenhuma na sua vida. Um engraxador sentou-se à sua frente e Sors deu-lhe uma moeda. O homem, franzino e de bigode preto, passou-lhe graxa nos sapatos demasiado usados. Ao fundo ouvia-se recitar Camões. O engraxador disse qualquer coisa em português e Jozef Sors respondeu em francês e depois em inglês. Um senhor que se sentava na mesa ao lado aproximou-se em francês.

— Posso sentar-me?

— Por favor — disse Sors, apontando para uma cadeira.

— Sabe qual é a diferença, a diferença cientificamente exata, entre Camões e um português médio?

Sors encolheu os ombros, mostrando que não fazia ideia.

— Camões distingue-se do português médio por ter menos uma pala nos olhos — disse o homem.

— Celebram o seu passado e parecem alegres.

— Para que fique claro, a portugalidade define-se assim: o nosso sucesso é uma ponte entre dois fracassos. Para ver a quantidade de pessimismo que existe em cada português: uma ponte entre dois fracassos. Nós somos um povo fatalista, caro senhor, fatalista: para nós, o destino está escrito. Ah, se ao menos soubéssemos ler!

O homem tirou um cigarro e ofereceu-o a Sors.

— Muito obrigado, mas tenho os meus.

E dizendo isso levantou-se e desceu a rua em direção à Baixa.

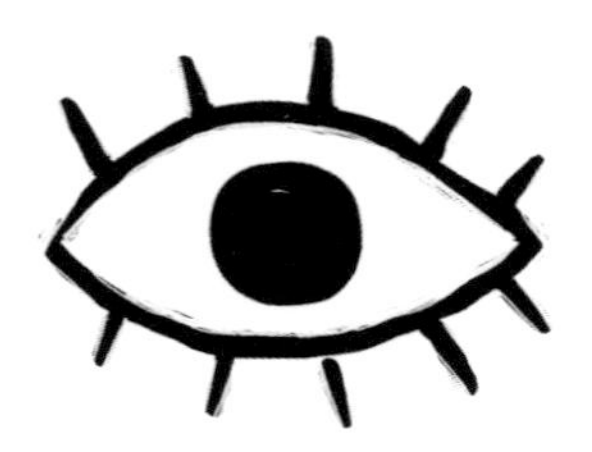

AS JARRAS NÃO TÊM FRONTEIRAS

Jozef Sors costumava passear pelo Estoril, pela praia, durante o dia, e à noite sentava-se perto do casino. Desenhava os olhos das pessoas que saíam, pois eram olhos derrotados. Estavam abertos, mas pareciam fechados. Uma mulher jovem saiu do casino e reparou em Sors. Aproximou-se e, sem olhar para o que ele desenhava, sentou-se no murete de pedra, mesmo ao seu lado. Usava uma saia castanha. Cruzou as pernas, agarrando o joelho com as mãos entrelaçadas. Ficaram calados durante um ou dois minutos. Sors fingia que não tinha reparado, mas já não conseguia desenhar, tinha os traços embrulhados. Ela tirou um cigarro e acendeu-o. A luz do isqueiro iluminou-lhe a cara e Sors desenhou-lhe, mentalmente, o perfil. Não era bonita, mas tinha uns olhos grandes e isso despertou o interesse de Sors. Se o seu pai estivesse ali, teria dito isso mesmo: a menina tem uns olhos grandes.

— Chamo-me Klara — disse ela, estendendo a mão a Sors.

— Nome falso ou verdadeiro?

— É importante?

Sors encolheu os ombros. Fechou o seu caderno, O Livro dos Olhos Fechados, e levantou-se.

— Vai-se embora?

— Estou sempre a ir-me embora. É a minha vida.

— Não me diz o seu nome?

— Jozef. Um pintor de sombras.

— Não tem apelido? Não importa. Conheço um bar que fica aberto a noite toda.

Sors hesitou.

— Eu pago — disse ela. — Acabo de ganhar algum dinheiro no bacará. Dinheiro que se ganha no vício não fica bem gastá-lo com virtudes. Vem?

Sors inclinou a cabeça e apanharam um táxi para Alfama. O bar era pequeno, cheio de estrangeiros. Klara e Sors sentaram-se perto da porta, na única mesa vaga. Pediram duas cervejas. Um casal de americanos dançava entre as mesas.

— Posso ver? — perguntou Klara, apontando para o caderno de Sors.

Ele empurrou o caderno na direção dela.

— São olhos fechados. São centenas.

— No outro dia — disse Sors —, um homem sentou-se ao meu lado no café. Disse que os portugueses não são descendentes dos que partiram nas caravelas para descobrir novos mundos, mas sim dos que ficaram cá. Muita gente sente-se assim, apesar das comemorações que vemos pelas ruas. Este país é como esse caderno.

— Mas olhe que, por trás das pálpebras fechadas, os olhos estão sempre abertos.

Sors sorriu. Passou os dedos pela borda do copo e disse:

— Desenho porque dou muita importância aos contornos. Quando olho para as coisas desenho-as mentalmente. Sem esses contornos tenho dificuldade em pensar. Os desenhos são linhas que não existem. Quando desenho uma jarra, faço uns traços assim:

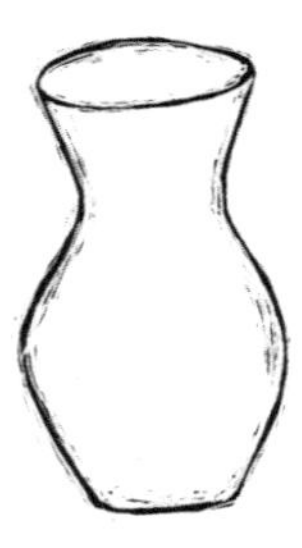

Mas a jarra que eu vejo não tem aqueles traços.

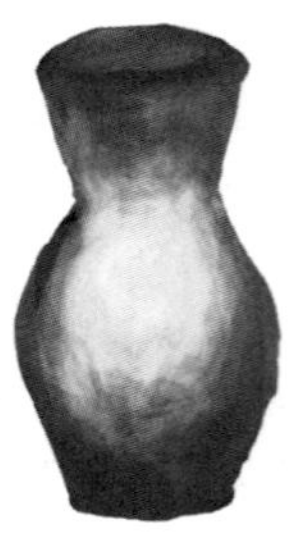

A jarra onde eu ponho flores não tem essas fronteiras. A cara do meu pai não são traços. Os riscos dos desenhos são os limites que nós achamos que as coisas têm. São fronteiras. Mas não as vemos na realidade. No entanto, são a melhor maneira de representar as coisas. E como é que nós, desenhando uma coisa que não vemos, com os tais traços, conseguimos representar as coisas? No fundo, eu trabalho com fronteiras, com linhas imaginárias que dão os contornos das coisas. Felizmente, essas linhas não têm bandeiras. Prendem os objetos, e as pessoas, e os animais, e as plantas, e tudo, prendem as coisas dentro de traços, mas é mais ou menos inofensivo comparado com os polícias que tenho conhecido. Amanhã tenho de enfrentar a fila interminável do Serviço de Estrangeiros. O meu passaporte envelheceu, está quase a caducar. Preciso de um visto.

— Sabe, eu não tenho medo nenhum de morrer. A vida só termina com a morte quando se viveu antes de morrer. É uma bênção.

— Eu tenho muito medo. Acho que a vida é uma doença horrível que só pode acabar mal e, no entanto, tenho pavor. Gostaria de ser como Tales, que dizia que a vida e a morte eram a mesma coisa. Um dia perguntaram-lhe: se é a mesma coisa, por que não te matas? E ele respondeu: porque é mesma coisa. Rio-me muito com esse filósofo, mas não sou como ele.

Klara sorriu e pousou a mão na mão de Sors.

— Compreendo-o. Pelo que tenho visto do mundo civilizado ou lá que selvajaria é esta, a maior parte da bondade humana é pura maldade. Mas não deixe de tentar: para que a realidade se torne um sonho é preciso que um sonho se torne realidade.

Saíram do bar depois de amanhecer. Klara partia no dia seguinte (desejo-lhe sorte, foi o que ela disse a

Sors enquanto lhe entregava um cartão pessoal). Despediram-se com um aperto de mão.

— Se um dia estiver em segurança — disse ela —, esteja onde estiver, escreva-me ou ligue-me.

Jozef Sors haveria de conhecer vários refugiados como Klara. Conheciam-se, passavam de raspão pelas vidas uns dos outros. Depois partiam para outro país, para o Brasil, para os Estados Unidos, ou eram presos, ou eram mandados de volta. Com Klara sentiu uma empatia especial. Chegou mesmo a pensar: se não fosse o problema da dispersão...

TODOS OS BALOIÇOS ESTÃO ENFERRUJADOS

Sors esteve vários meses em Lisboa, na esperança de conseguir embarcar para os EUA, até a polícia o mandar para a Casa de Refugiados da Figueira da Foz, pois tinha o passaporte caducado.

Quando chegou, havia dois polícias à sua espera. Um deles, o mais baixo, pediu-lhe os documentos. Sors entregou-lhe o passaporte fora de prazo. O polícia olhou para ele e para a cara de Jozef Sors. Leu alto o nome (o nome falso) e virou o passaporte de lado, depois de pernas para o ar. Levantou-o à altura dos olhos para ver alguma coisa à transparência.

— O senhor vai ser mandado de volta.

Sors abriu a boca. Sentia areia entre os dentes, na língua, nas gengivas. Sentia aquelas vertigens de quem cai pela vida abaixo. Sors era daquelas pessoas que batem no fundo, e o fundo não passa de mais um degrau.

— Venha comigo — disse o polícia.

Sors seguiu-o e dirigiram-se para o jardim. Passaram pelos baloiços (enferrujados, pensou Sors, todos os baloiços estão enferrujados) e pelo escorrega.

— Nem imagina o tempo — disse o polícia — que eu passei aqui neste escorrega. O que eu gostava disto.

— Não me diga que também já foi criança — disse Sors. O outro não compreendeu, pois chegou a sorrir.

— Eu nunca gostei de escorregas — disse Sors. — O escorrega ensina-nos que um pequeno, muito pequeno momento de prazer exige que subamos escadas. O esforço para ser feliz é muito maior do que aquilo que desfrutamos. É isso que nos diz o escorrega. Não é por acaso que todos nós somos educados com eles.

O polícia cuspiu para o chão e limpou a boca à manga.

— Eu cá gostava.

— Eu preferia os baloiços.

— Os baloiços são para as meninas.

Quando passaram por um quiosque, o polícia parou para falar com o dono. Sors começou a correr, primeiro em direção ao mar, depois para a cidade, deu ainda uma volta ao jardim, sempre com o polícia a persegui-lo e a gritar com a voz rouca. A barriga não lhe dava velocidade e Sors pôde ganhar alguma distância, mesmo estando a correr com a sua mala de viagem. Resolveu seguir a rua que ia dar ao casino da Figueira. Era a única que era a subir. Se o polícia não está em grande forma, ficará sem forças na subida, pensou Sors.

SÓ ATENDO UM JUDEU DE CADA VEZ

O senhor Costa tinha uma loja de fotografia na rua que ia do jardim para o Casino Peninsular. Era um homem com algum mau feitio, e se alguém dizia mal das fotografias ele soltava palavras como se fossem cães, a ladrar.

Jozef Sors entrou ofegante nessa loja. Disse que queria tirar uma fotografia. O senhor Costa até comentou: nunca vi ninguém tão ansioso por ver-se retratado. A mulher, a dona Rosa, que estava do lado de dentro do balcão, junto à montra, viu o polícia da PVDE a correr. Fez sinal ao marido e ele mandou Sors esconder-se atrás do balcão. O agente Teixeira entrou, com as sobrancelhas carregadas e a respiração rouca. Tinha perdido o chapéu. Endireitou-se, fingindo que não estava quase a desmaiar pelo esforço que tinha feito a correr pela rua acima. Entalou a camisa branca para dentro das calças e ajeitou o cabelo.

— Onde é que está o judeu?

— Qual judeu? — perguntou o fotógrafo.

— Não entrou aqui um judeu?

— Entrou. Está ali no estúdio à espera que eu lhe tire uma fotografia.

O polícia correu para o estúdio, abrindo o pesado cortinado que o separava do resto da loja. Ao olhar lá para dentro viu um senhor alto que alisava o cabelo com um pente de plástico e borrifava a cabeça com água para melhor domar o penteado. Tinha na mão esquerda um borrifador de borracha verde. Quando viu o polícia tirou os documentos e mostrou-os com as mãos a tremer. Antônio Teixeira deu meia-volta, furioso. Não era aquele judeu.

— Não é este o judeu que eu perseguia. Onde é que está o outro?

O senhor Costa revirou os bolsos para fora e disse:

— Só atendo um judeu de cada vez. Agora é este. Passe por cá noutra altura que há de encontrar outro.

O polícia bufou. Hei de encontrá-lo, disse. À saída da loja cuspiu para o tapete da entrada.

A ANTIGA MÁQUINA DE FAZER SORRIR

Depois de se levantar do chão, endireitar os colarinhos (sempre tão assimétricos) e sair de trás do balcão, Sors agradeceu e apresentou-se, dizendo que era pintor. A dona Rosa disse para ele se esconder na câmara escura, onde ninguém que entrasse na loja o veria. Sors olhou para tudo com genuína curiosidade, para as máquinas, para os rolos de negativos a secar, às dezenas, pendurados com molas em cordas presas de um lado ao outro daquela divisão.

O senhor Costa sentou-se ao lado de Jozef Sors, nos degraus da escada que dava para o sótão, e ficaram a conversar. A dona Rosa ficou junto à porta, para o caso de ter de atender algum cliente.

— O senhor também usa a luz no seu trabalho — comentou o pintor. — É como eu. Desde pequeno que é assim. Quando é que começou a fotografar?

— Aos doze anos, pouco tempo depois de o meu pai morrer. Antes vivíamos muito bem, o meu pai tinha muitas propriedades em África, era muito rico. Vivia entre cá e lá, entre Europa e África. Casou-se com a minha mãe tinha ela treze anos ou menos, e fez-lhe cinco filhos. Quatro homens e uma mulher, que morreu nova. Além desses filhos, trazia outros para ela cuidar, outros que fazia em África. Metade da minha família é africana. A minha mãe não sabia ler nem escrever. Em poucos meses, meia dúzia de especuladores levaram-na a assinar coisas que não devia e a fortuna foi-se. Tive de começar a trabalhar.

— Doze anos? Lembro-me bem dos meus doze anos. Não trabalhava, passava a maior parte do tempo a empurrar uma vizinha, a Františka, num baloiço. Nem imagina como fico triste de cada vez que oiço um baloiço a ranger. Quando vejo as crianças a subirem pelos ares, caio de joelhos sobre o meu passado. Para mim, um baloiço era um sinônimo de felicidade. Um motor, uma máquina de fazer sorrir. Mas, de repente, como todas as máquinas, deixou de trabalhar. O baloiço enferrujou e acabou por desaparecer do meu mundo, como acontece à felicidade.

— Tem para onde ir? — perguntou a dona Rosa.

— Sugeriram-me um campo de concentração.

— Que tal a nossa casa?

— Seria muito melhor.

— Fechamos a loja às sete. Saímos nessa altura — disse o fotógrafo. — O polícia que o perseguia, o Teixeira, nunca dura para a noite, que a aguardente que bebe durante o dia não deixa. Tenho o carro estacionado em frente.

OS OLHOS ABREM E FECHAM, COMO AS LOJAS

Um dos irmãos do senhor Costa, que se chamava Emanuel, apareceu na loja, com os braços atrás das costas — andava sempre assim pelas ruas —, e sentou-se no banco que havia logo à entrada. Pousou o chapéu ao seu lado, ajeitou o laço e passou a mão pelos cabelos para os pentear. Ele aparecia todos os dias ao final da tarde, antes de a loja fechar, para uma discussão sobre política. Outras vezes desenhava e outras vezes escrevia poemas nos recibos e nas faturas. Mas nesse dia foi diferente. O senhor Costa esperou que uma cliente saísse e explicou a situação ao irmão. Ele riu-se:

— O Teixeira já apagou — disse Emanuel enquanto, com os dedos amarelados do tabaco, fechava a mão deixando o polegar de fora e o levava à boca como se estivesse a beber. — Vi-o sentado no café com a cabeça pendurada sobre o ombro.

Entraram todos no carro enquanto o senhor Costa fechava a loja. Agiam todos com aquela naturalidade completamente artificial que, mais do que qualquer outra coisa, chama a atenção. Dona Rosa comentou que naquelas alturas, por mais discretos que tentemos ser, sentimos o mundo inteiro transformar-se em olhos.

Como os meus cadernos, pensou Sors.

O carro parou em frente a um portão branco e Emanuel saiu do carro para o abrir. Estacionaram o carro na garagem, que ficava nas traseiras da casa, e entraram pela porta dos fundos, que dava acesso à cozinha. Sentaram-se todos à volta da mesa.

Dona Rosa reparou que Sors tinha lágrimas nos olhos.

— Não é nada — disse Sors. — Tenho sombras nos olhos, sobrepostas como casacos em cima de casacos. Não vejo a luz, só vejo gradações de sombra. Os olhos abrem e fecham, como as lojas, mas também se acendem e apagam. Exceto os meus, que perderam essa faculdade. São olhos apagados.

— Quer um lenço?

— Os médicos dizem que é uma consequência do gás mostarda. Sequelas da Primeira Guerra Mundial.

— Não será psicológico? — perguntou o senhor Costa. — Uma vez fiquei paralisado das pernas e fui a um médico a Coimbra. Era inverno e estava um frio que nem imagina. Ele levou-me até ao pátio e despiu-me. Pegou-me nas roupas e entrou no consultório. Deixou-me ali, todo nu, ao frio, sentado no chão. Eu nem me conseguia arrastar. Passado um tempo, que a mim me pareceu interminável, voltou, atirou-me as roupas e disse para me vestir. Eu levantei-me e vesti-me. Estava curado. Precisava tanto de me agasalhar que me levantei num pulo. A gargalhada que o médico deu ainda hoje me arrepia, fico mesmo espantado com o que a nossa própria cabeça é capaz de fazer.

— Também conheci um homem que não conseguia andar. Era cozinheiro. Mas acho que o frio não resolveria o problema dele.

O senhor Costa levantou-se para ir explicar à criada o que se passava, enquanto o irmão se despedia. Ia para casa a pé. O senhor Costa disse que o levava, mas ele não quis:

— É a descer.

É como a minha vida, pensou Sors.

ESTE OLHO TEM DEDOS EM VEZ DE PESTANAS

— Este olho tem dedos em vez de pestanas — disse a dona Rosa enquanto folheava o caderno chamado O Livro dos Olhos Abertos (volume XXV).

— Dos olhos emanam raios como dedos. Foi o que disse Homero em relação ao Sol: a aurora de dedos róseos.

— São tantos olhos — comentou a dona Rosa enquanto folheava o caderno. — Páginas cheias deles.

— Dizem que a Morte é cheia de olhos e, quando um homem a vê, abre a boca de espanto e ela aproveita para nos deitar uma gota de veneno na língua.

— É tudo tão escuro. Tem cores, mas é — como dizer? — sem luz. Qual é a sua cor favorita?

— A minha cor favorita é a transparência absoluta. O que dá nisto — Sors apontava para os próprios desenhos. — É o que eu vejo.

— No entanto, há aqui uns desenhos que parecem mais alegres — disse o senhor Costa.

— Às vezes distraio-me — desculpou-se Sors. — A felicidade é quando nos esquecemos da infelicidade em que vivemos.

— Quer beber alguma coisa? — perguntou o senhor Costa. Sors pediu um chá.

— Traz-me um anis — disse a dona Rosa.

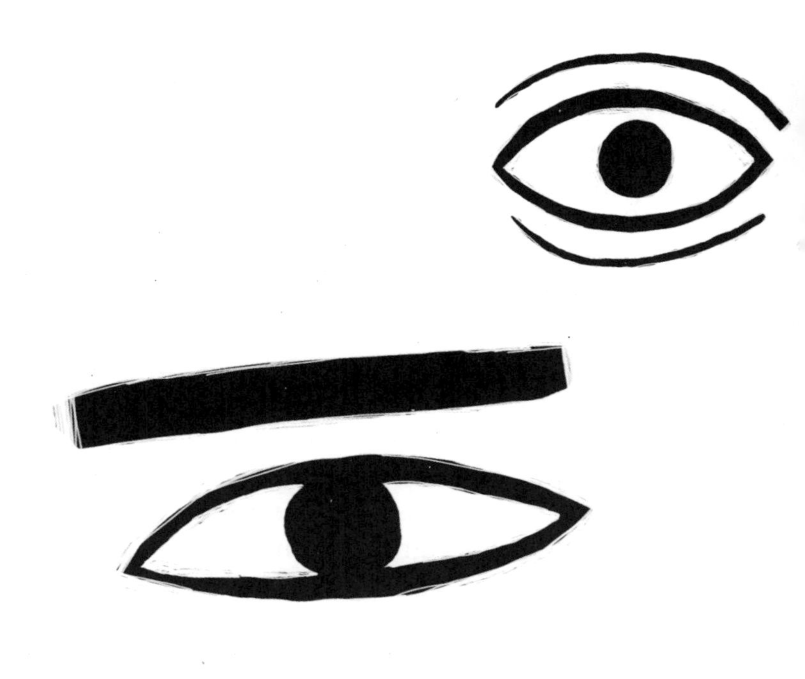

ENFIM, O LAVA-LOIÇAS

Debaixo do lava-loiças havia um espaço relativamente grande, que se prolongava por baixo do fogão. Foi aí que se estendeu um colchão e foi aí que Sors passou a dormir, escondido atrás da lenha, com medo que os agentes da PVDE aparecessem a meio da noite.

A criada nunca se habituou a que houvesse um pintor escondido na cozinha. A primeira vez que o viu sair — e já o esperava — de debaixo do lava-loiças, começou a gritar. A dona Rosa teve de a levar para o quarto e dar-lhe um copo de água para ela se acalmar. E foi assim quase todas as manhãs. Outra vez começou a gritar quando Sors tentou ajudá-la a lavar os pratos do almoço. Na verdade, a criada tremia quando via Sors, como se ele fosse um assassino, ou pior, um judeu. Ele, por vezes, tentava desenhar-lhe os olhos, mas ela não deixava. Passou a desenhar-lhe as mãos. Para Sors, as mãos da criada tinham uma particularidade especial, infinita. Ela não tinha um dedo e isso era um desenho inacabado, como aqueles que ele fazia de Františka. Uma mão como aquela não tinha fim. Faltava o dedo que a acabava. O senhor Costa explicou que o pai dele, a certa altura, resolveu construir um jardim zoológico no centro da cidade.

— Ele, quando estava em África, passava a vida a caçar e até vivia dentro de uma árvore. Tinha mandado construir uma casa com dois andares, escavada no tronco. Trouxe muitos animais para Portugal. Um dia decidiu fazer um jardim zoológico mesmo no centro da cidade. A nossa criada foi quem mais sofreu com isso: o leão comeu-lhe um dedo.

— Há um guitarrista, em Paris, que faz muito sucesso. Ele não tem dois dedos na mão esquerda.

— A falta de carne nunca foi desculpa para a falta de espírito.

— Pelo contrário.

É DE NOITE PORQUE OS HOMENS DORMEM

Os dias foram-se sucedendo, e Sors tinha abandonado os seus cadernos. Já não tinha mais olhos para desenhar, sempre fechado em casa, tendo apenas por companhia o seu próprio passado.

— As crianças fecham os olhos — disse Sors — porque acham que assim ninguém as vê. Quando fechamos os olhos, tudo à nossa volta fica escuro, acreditam as crianças. Os olhos, quando se apagam, apagam tudo à volta. Isso deve-se à luz que temos dentro do nosso escuro.

O senhor Costa fez uma careta, como quem discorda, ou como quem foi iluminado. Se virmos bem, são as mesmas caretas. Sors continuou:

— Os olhos irradiam luz. Não é a melhor maneira de explicar a ótica, mas o mundo é iluminado porque há olhos abertos. Quando eles se fecham, não há luz. Por isso é que à noite está escuro: a maior parte dos homens tem os olhos fechados.

— A noite acontece porque fechamos os olhos e não porque a Terra gira?

— Isso mesmo, é porque fechamos os olhos. Disse Kozma Prutkov: o Sol não serve para nada, pois ilumina apenas quando há claridade. A lua é que faz falta, pois ilumina quando está escuro.

— Nunca ouvi falar nesse Kozma.

— Era o pseudônimo de um grupo de escritores russos. Alexei Tolstoi e os três irmãos Jemtchujnikov.

PESSOAS A VOAR
SÃO BORBOLETAS DE MÁRMORE

O senhor Costa levou uma prenda para Sors: uma pequena reprodução de um quadro de Chagall. Era um casal a voar.

— É pequena — disse ele — porque sei que precisa de portabilidade. Pode levá-la no bolso para lhe dar alguma leveza. Eu, quando uso imagens dessas no bolso, nem deixo pegadas.

— Chagall pinta pessoas leves que boiam no ar. As pessoas olham para os quadros dele e ficam maravilhadas com a beleza daquela falta de gravidade, homens e mulheres a voar por cima dos prédios, por cima da vida. Mas eu só penso, quando olho para esses quadros, no momento em que aquelas pessoas cairão. Sinto que se algum dia voarmos, leves como borboletas, é só para cair de um lugar mais alto. Como borboletas de mármore.

— Não diga disparates — disse a dona Rosa, sempre muito prática.

— Talvez tenha razão. Tive uma ideia. Tem um irmão que é aviador, não é? — perguntou Sors ao senhor Costa.

— Não está a pensar pedir-lhe para atravessar o Atlântico com...

— Claro que não. Isso seria ridículo. É outra coisa, algo muito mais simples. Oiça: o que há a fazer é levantar voo como aqueles dois do quadro do Chagall. Conseguir convencer o seu irmão a levar-me a passear no avião dele. Temos de tentar tudo, nem que para isso tenha de morrer enterrado no céu como os ramos das árvores. Subir até onde a luz é mais pura e tentar que as sombras se desvaneçam. Tenho esperança de que, lá em cima, me possa curar. Durante a Primeira Grande Guerra, observava os movimentos da artilharia inimiga, lá em cima, de um balão. Lá de cima, todos os problemas são pequenos, tornam-se muito pequenos e vê-se tudo com clareza. Fica tudo transformado em pontinhos e é tudo luminoso.

E acrescentou:

— É claro que essa é a maior razão para eu detestar aviões. A minha aversão ficou completa quando vi como é fácil matar quando se está no céu. As coisas cá em baixo são tão pequeninas. É difícil acreditar que essas coisas pequeninas sejam homens e mulheres e crianças, com vidas, que se amam e se odeiam. Visto de cima — disse Sors pegando numa caneta e num papel —, um homem é assim:

— Não se veem os olhos. Por isso é que é muito mais fácil matar assim, quando não se veem os olhos. Quando andamos pela terra, vemos as pessoas de frente. É difícil bombardear pessoas quando estão de frente, mas da vertical, o que se vê são números, números a explodir. Por isso nunca gostei de aviões. Além disso, não estou nada habituado a ver-me subir, a ser leve. A minha vida é sempre a descer. Mas talvez por isso tenha que levantar voo. Estou habituado a ver a vida na horizontal, uma nova perspectiva só me pode fazer bem. Quando era novo costumava deitar-me no chão para ver o céu, cheio de olhos, agora é altura de me deitar no céu para ver o chão. Vamos para aquele lugar onde há mais luz, que é precisamente o que me falta. A ciência, li algures, um dia conseguirá transformar luz em matéria. Acho isso muito bonito, pois é isso que as árvores fazem. No fundo, é como fazer beijos que se transformem em lábios. Pode ser que uma viagem dessas corrija alguma coisa no meu nervo ótico. Tchekhov andava com o chapéu a recolher raios de sol e voltava a colocá-lo na cabeça, rapidamente, na esperança de os ter capturado. Lá em cima, terei oportunidade de colher os raios mais puros.

CROCODILO VOADOR

O capitão-aviador Humberto C., o irmão mais velho do senhor Costa, ficou furioso quando soube da existência de Sors. Era um aviador que saboreava a glória recente de ter feito umas viagens pioneiras na década de trinta. Fez as primeiras travessias aéreas até Timor, até Macau, até Angola, até Moçambique, até à Índia. Isso valeu-lhe muitas medalhas. Merecidas, pois quem leu os livros que também escreveu, percebeu que até teve de enfrentar tempestades de gafanhotos (quem diria que os gafanhotos saltavam tão alto) e inúmeras burocracias. Mas adiante: também era amigo do regime e dizia-se que até tinha sido condecorado por Hitler. Chegou a Timor de avião, naqueles aviões pequenos e de hélices. Hélices que, quando cortadas ao meio, dão excelentes bengaleiros. Os timorenses chamaram ao avião, quando o viram, crocodilo voador.

Naquela tarde apareceu fardado e com as suas medalhas todas. Sors, quando o viu, sussurrou para o senhor Costa: tenho dúvidas de que ele consiga

levantar voo com tanta quinquilharia ao peito. O senhor Costa sorriu e cumprimentou o irmão.

— Sou completamente contra esta situação — disse o capitão. — Ele (apontava para Sors) é um caso para a PVDE e não para nós.

— Concordo. Mas preciso de um favor. — Os dois irmãos discordavam muitas vezes um do outro.

— Um favor? Nem pensar.

***

— É uma loucura — dizia o capitão enquanto conduzia o carro para o aeródromo. A dona Rosa ia à frente e o senhor Costa atrás. Sors ia no porta-bagagens.

— É um absurdo! — repetia.

Sors saiu do porta-bagagens todo engelhado da viagem de carro.

— É de noite? — perguntou ele.

— É de dia — respondeu a dona Rosa.

— Ah!

— É um absurdo! — repetia o capitão.

— A melhor ideia — disse Sors virando-se para ele — é aquela que se escolhe depois de todas as boas ideias terem falhado.

AS ALAVANCAS

A viagem ao céu foi plenamente infrutífera. Pior: serviu como uma queda, mais um movimento a descer. Sors, à medida que subia pelos ares, descia. Quando subiu para o avião, disse-lhe o capitão:

— Se começar a ver tudo cinzento, puxe esta alavanca; se começar a ver tudo vermelho, puxe esta.

Sors explicou que via tudo muito sombrio. Distinguia as cores, mas o significado delas era sempre o mesmo: era escuro.

— Puxe as alavancas à mesma — ordenou o aviador.

Foi o senhor Costa quem fez o contato, impulsionando as hélices daquele *Leopard Moth* da casa De Havilland. O crocodilo voador, que tinha um motor Gipsy Major 130 C, começou a tremer como se estivesse nervoso. E levantou com toda a glória inerente ao ato de levantar voo. O Mondego foi diminuindo de tamanho, até se transformar numa linha sinuosa que desagua contra o mar. O céu estava claro e o avião atravessava-o com facilidade. Sors sentia o vento a abanar-lhe o cachecol e a bater-lhe nos óculos. O avião foi subindo cada vez mais, até cerca de três mil metros. Estar tão alto recordava-lhe o que o coronel Möller dizia sobre o fogo: existem dois fogos. Um é da Terra e outro é do céu. Têm saudades um do outro, foram separados como dois amantes. O da Terra sobe, as chamas dirigem-se sempre para cima, enquanto o fogo do céu desce sempre, como a água da chuva. O fogo da Terra é quente, mas o do céu é frio. Quanto mais nos aproximamos do Sol, mais gelado está o ar. No topo das montanhas está muito frio.

— O Sol é gelado — gritou Sors.

— Não diga disparates — disse o capitão.

A visão do céu era ainda mais fantástica do que aquela que tinha tido no balão de observação durante a guerra. As pessoas eram ainda mais pequenas e chegavam mesmo a não existir. Quanto mais se sobe, mais as pessoas desaparecem. Os governos não sabem que as pessoas existem, de tão em cima que estão. Falam do povo, mas é uma entidade abstrata, tal como nós falamos de Deus. Ninguém, lá do alto da governação, sabe se o povo realmente existe, é uma questão de fé. Chega-se até a descrever as suas características e a temê-lo, mas nunca ninguém o viu, senão uns místicos que desceram ao nosso nível e que acabam descredibilizados e ridicularizados. O místico diz que o povo sofre e que é preciso mais justiça e que cada pessoa tem uma vida e não são uma Unidade, mas que são, isso sim, pessoas realmente separadas umas das outras, com existência própria. Ele, como um profeta do fim dos tempos, avisa os seus congêneres de que o povo pode ser perigoso e pode derrubar coisas muito altas. É preciso não esquecer, diz ele com o dedo esticado para baixo, que, por mais alta que seja uma árvore, o seu tronco mantém-se ao alcance de um machado. Mas ninguém dá ouvidos ao místico que viajou até à terra e a sua carreira política termina imediatamente e de forma ultrajante.

O avião fez uma pirueta e Sors ficou mais enjoado, perdendo todas as referências: já não sabia se o céu estava em cima ou embaixo. É artístico, pensou. Vavra gostaria de estar ali, a distorcer tudo, a inverter as coisas todas, a subverter o espaço. Sim, Vavra haveria de gostar daquilo. Que seria feito dele? Imaginava-o de gravata à frente do negócio familiar, a dar ordens aos operários. Será que ele continuava a ser o Aurel Vavra que tinha conhecido ou ter-se-ia transformado naquele tipo de entidade que não sabe que as pessoas existem? Eu, pensou Sors, é que construí a minha vida para chegar o mais alto possível. Cortei todos os ramos e, no entanto, qualquer industrial consegue chegar tão alto que já nem vê as pessoas.

— Estou a ver tudo sombrio — gritou Sors.

— Puxe a alavanca!

Sors chegou aos céus, mas foi inútil. Completamente inútil, as sombras permaneciam. Os dias que se seguiram à tentativa de chegar mais perto da luz foram de pesar. Sors não saiu de debaixo do lava-loiças senão para ir buscar comida e para ir à casa de banho. A tristeza era tanta que a própria criada se comoveu com a desventura, e sentava-se junto ao lava-loiças a cantar músicas populares. Ao terceiro dia, Sors saiu do seu sepulcro. Mas não estava melhor, a sua vida era sempre a descer. Saiu de debaixo do lava-loiças com as palavras completamente desencontradas da sua voz. A dona Rosa tinha muita pena que a alma dele e o corpo dele andassem tão desfasados.

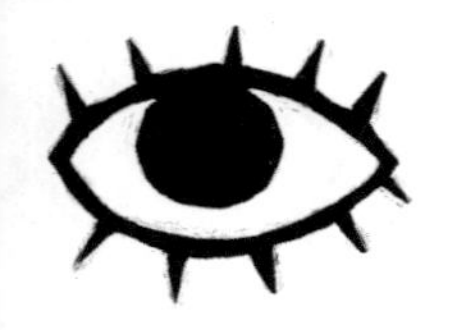

EM 1940, UM AVIADOR QUE POUSOU EM LISBOA HAVERIA DE ESCREVER: O ESSENCIAL NÃO SE VÊ

A dona Rosa trazia um tabuleiro com chá e torradas.

— Está melhor dos olhos, senhor Sors?

— Não creio — disse o pintor enquanto os esfregava.

— Quer açúcar no chá?

— Bebo-o amargo. Não sei se mereço o açúcar.

— Eu gosto do meu bastante doce.

A dona Rosa mexia o seu chá enquanto soprava. Sors pousou o pires na mesa da sala e ajeitou a sua chávena entre as mãos.

— O mundo que vemos é um consenso — disse Sors. — A maioria é que diz como é o mundo. Se a maioria olhar para uma mesa e disser que é uma mesa, a minoria que acha que é outra coisa é internada. O processo é simples, basta ver, no mundo à nossa volta, coisas que outros não veem. Na verdade

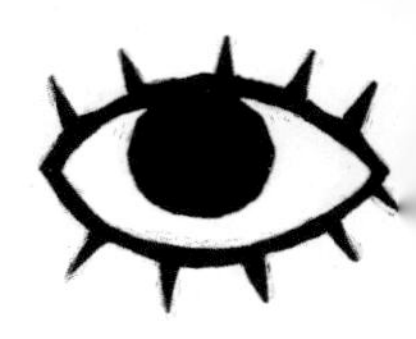

existe uma luz que nos entra pelos olhos e outra que nos sai dos olhos. Quando se encontram, criam o mundo que vemos. Antigamente acreditava-se que os olhos emitiam luz. O que está de acordo com o modo como vemos as coisas: por vezes o mundo ilumina-se.

Quando se olha para uma mesa, podemos ver, por exemplo, que ela é boa. Mas a parte "boa" não se vê realmente. São os nossos olhos que colocam essa parte na mesa, são os olhos acesos. O mobiliário é desprovido de adjetivos morais e de opiniões. Mas de dentro de nós emanam todas essas coisas, tornando o mundo muito mais rico. É preciso ver que a mesma mesa pode ser boa para uma pessoa e má para outra. Mas a parte "mesa" é igual, apesar de o resto poder ser oposto. Ou seja, uma mesa pode conter as maiores contradições sem deixar de ser a mesma mesa que ambas as pessoas veem. Por outro lado, se dissermos que a mesa é alta, acrescentamos ainda mais alguma coisa. E ainda poderíamos dizer que é elegante. E frouxa. E alegre. Sim, porque uma mesa pode ser alegre ou triste. Imagine-se que nessa mesa se jantou com a pessoa que mais se amou. É uma outra dimensão. Imagine-se que sabemos de que madeira ela é feita e onde nascem essas árvores. Assim, quando se olha para a mesa, evoca-se a amada, ou uma árvore, ou uma floresta. Tudo coisas que não se veem quando se olha para uma mesa. Apesar de as vermos claramente. Toda a gente, quando olha para ela, sabe qual é a sua função, mas essa função não é visível. Enfim, é infindável o que cabe numa mesa. O que vemos é uma peça de mobiliário, é certo, mas pode conter coisas muito maiores do que ela própria.

Isso é dado pelos nossos olhos. Pelos outros sentidos também, mas como símbolo os olhos ganham protagonismo. Ora, ficou provado que conseguimos pôr em cima desta mesa uma infinidade de atributos, mas também é razoável pensar que o sujeito anterior, o tal que achou a mesa "má", poderá fazer o mesmo. E se conseguimos associar tanta coisa a uma mesa, imagine-se o que conseguiremos se pusermos todos os habitantes da Figueira da Foz a olhar para ela. E mais do que isso, imaginemos Portugal inteiro a olhar para ela. Ou o mundo inteiro. Começou por ser uma simples mesa, e não deixa de ser mesa para quase todos. Mas é muito mais do que isso. Fica demonstrado que as coisas que vemos e que são comuns a todos, as coisas que são iluminadas pela luz exterior, são muito menores do que as coisas que vemos com a luz dos nossos olhos. De resto é da mistura das duas luzes que o mundo é feito. Uma mesa não é, para ninguém, somente uma mesa.

— Pois não — concordou a dona Rosa. — O senhor Sors sente-se aborrecido, não é?

— Sim, sinto-me aborrecido. Os dias são todos iguais.

— Tem de fazer alguma coisa, manter-se ocupado. Por que é que não pinta qualquer coisa?

— Não sei se consigo. Ultimamente só me apetece pintar olhos fechados.

— Experimente pintar uma coisa mais alegre, como uma paisagem. Da janela da cozinha vê-se o mar.

Sors inclinou a cabeça para o lado, parecia refletir sobre isso. No dia seguinte arranjou umas madeiras na garagem e pintou-as de branco para servirem de tela. Começou por pintar uma crucifixão. Como ele era judeu, o senhor Costa perguntou-lhe o motivo. Ele disse que o que pertence à humanidade pertence à humanidade. Era uma frase que ele repetia constantemente: para se ser o mais humano possível, precisamos de abraçar a maior humanidade possível. Mas por dentro sentia algo diferente: lembrava-se das tardes de inverno no jardim de Františka, onde ele também se sacrificava encostado ao muro. Com os braços abertos.

O quadro era muito sombrio, tenebroso, e isso devia-se à doença dos olhos de Sors (que eram casacos sobre casacos). O senhor Costa e a dona Rosa elogiaram o quadro, mas o pintor abanava a cabeça, discordando de todos os elogios.

— Ultimamente só consigo pintar olhos fechados de pessoas, e isso é o que falta à minha volta. Com exceção dos vossos — e apenas quando voltam da loja —, não há olhos à minha volta. É por isso que estou escondido, para me proteger dos olhos. Não tenho nada para pintar.

— Por que é que não pinta os olhos da criada? — sugeriu a dona Rosa.

— Ela recusa-se. Diz que tem mais que fazer. Continua a ter medo de mim. E, na verdade, não lhe poderia pedir que se sentasse imóvel durante horas, com os olhos abertos, com os olhos fechados, de frente, de lado. Já bem basta o meu sofrimento, não é preciso fazer os outros sofrerem.

— Tenho uma solução para isso. Vai ver: tive uma ótima ideia — disse o senhor Costa.

OS MILHARES DE OLHOS QUE NÃO NOS PODEM DENUNCIAR

À noite o Senhor Costa chegou com um enorme saco de pano e despejou tudo no chão da sala: milhares de fotografias tipo passe que ele guardava como um colecionador. Milhares de olhos inofensivos. Olhos que poderiam fitar Sors sem o denunciarem. O pintor pegou numa mão cheia de fotografias e sorriu.

— Pena estarem todas de olhos abertos. Ultimamente só tenho vontade de pintar olhos fechados.

O senhor Costa explicou-lhe que, procurando bem, no meio daquelas fotografias encontraria olhos fechados.

— Por causa do *flash*? — perguntou Sors.

— Acima de tudo porque estavam a piscar os olhos quando disparei a máquina — explicou o senhor Costa. — Terá de procurar esses retratos. São os mais raros.

— Somos mesmo esquisitos: a escuridão cega-nos e a luz também. Os olhos fechados deixam-nos sozinhos. Os olhos abertos mandam-nos para a prisão.

Só sobrevivemos numa corda muito fina estendida sobre um abismo. Todo ser vivo é um equilibrista. Todo ser vivo é um mau equilibrista. Acabará sempre por cair.

NUMA TERÇA-FEIRA, SORS CANTAVA

Numa terça-feira, quando o senhor Costa e a dona Rosa chegaram da loja, Sors cantava. Virou-se quando os viu chegar e abraçou os dois enquanto rodopiava pela sala. Tinha uma fotografia na mão. Quando a dona Rosa lhe perguntou o que se passava, ele mostrou o retrato e exclamou:

— Olhe o que eu encontrei no saco de fotografias que me trouxe o seu marido. É o retrato da minha mãe!

Agarrou nos ombros do senhor Costa, dizendo que a sua mãe estava viva e não tinha sido morta no hospício. Estava ali o retrato dela. O senhor Costa disse para ele se acalmar e a dona Rosa foi para a cozinha (trago-lhe um chá de camomila, disse ela).

— Pode não ser a sua mãe — sugeriu o senhor Costa. — Os retratos por vezes enganam. E a nossa memória também.

Sors abanou a cabeça com um sorriso. Tinha a certeza absoluta. Por trás de cada fotografia havia um carimbo com a data. Sors leu: 12-01-1940. Ela está viva, repetia ele.

— Lembra-se de tirar este retrato? — perguntou ele, mas o senhor Costa não se lembrava. Tirava dezenas por dia e fazia-o desde os doze anos.

— Se a sua mãe foi lá tirar um retrato, provavelmente teria sido para usar as fotografias num passaporte falso. Nem imagina a quantidade de fotografias que eu tirei a refugiados.

Sors coçou a cabeça enquanto olhava para a fotografia.

— Acho que estou melhor dos olhos.

— Ótimo. Quem sabe se na Casa dos Refugiados da Figueira da Foz — sugeriu o senhor Costa — alguém nos poderá dar alguma informação sobre a sua mãe.

— Ou talvez ela esteja lá. Leve a fotografia, senhor Costa, leve a fotografia.

DEPOIS DE UM TRAGO DE VINHO, INCLINARAM-SE TODOS PARA A ESQUERDA

O senhor Costa vestiu-se com o seu melhor fato e pôs um chapéu. No dia em que foi à Casa dos Refugiados era Páscoa judaica. Sors tinha-o avisado: esta noite celebramos a Páscoa, por isso estará lá toda a gente. É uma ótima altura para encontrar a minha mãe.

A senhora que abriu a porta da Casa dos Refugiados, alta e magra, disse ao senhor Costa:

— Volte noutra altura, estamos a celebrar a Páscoa, aquele momento em que tivemos de partir, de abandonar a vida antiga, de deixar tudo para trás. O pão nem teve tempo de levedar.

O senhor Costa insistiu. Queria falar com o rabino. A senhora, alta e magra, depois de várias súplicas, decidiu emprestar-lhe uma quipá, de modo a que ele pudesse sentar-se à mesa. O senhor Costa pediu ajuda para pôr o "chapeuzinho" (como ele disse). A senhora corrigiu:

— A quipá. É assim que se chama.

— Parece um cogumelo — disse ele.

A senhora, alta e magra, torceu o nariz e mandou-o entrar. Ele sentou-se ao pé de uma senhora chamada Katarina. Vim da Checoslováquia, disse ela ao senhor Costa, que tentava perceber o que deveria fazer com a comida que estava à sua frente.

— Faça o que eu fizer, siga-me — disse Katarina. — O senhor vai atravessar o deserto comigo, andamos todos a fugir do Faraó. Nem é preciso fazer de conta, estamos mesmo. É o nosso destino.

A cerimônia foi decorrendo com o pão ázimo (o tal que não tivera tempo de levedar no dia da fuga), e com muitas outras coisas que o senhor Costa não saberia acompanhar (apesar de ser descendente de cristãos-novos). Mas foi caminhando por aquela refeição com a ajuda de Katarina.

Depois de um trago de vinho, inclinaram-se todos para a esquerda. Exigência do ritual, que o rabino aproveitou para interrogar: por que motivo nos inclinamos para a esquerda e não para a direita? A maior parte das respostas diziam: "porque é o lado do coração". Até o senhor Costa disse isso: é o lado do coração!, exclamou com entusiasmo.

— Não — respondeu o rabino. — É porque, devido à nossa anatomia, se nos inclinarmos para a esquerda não nos engasgamos.

E continuou a ler a Agadá e as pessoas continuaram a conversar e a cantar quando o momento o exigia ou o permitia. Repetiram "dahy-dahyenu, dahy-dahyenu, dahy-dahyenu, dahyenu, dahyenu, dahyenu" mais vezes do que seria ortodoxo. A canção presta-se a isso.

UMA FOTOGRAFIA É UM CANDEEIRO

No final, o senhor Costa conseguiu falar com o rabino.

— Tenho de me sentar. Tenho um corpo velho demais. São muitos anos a ver o mundo a desmoronar-se. Isso faz muitas rugas, faz cair o cabelo e os dentes, faz encurvar as costas. Mas apesar disso tudo, apesar de estar tão encolhido pela idade, a alma continua de pé. É a vantagem que ela tem: pode estar destroçada, mas não tem costas, nunca experimentará as duas hérnias discais que eu tenho na região lombar. Sente-se, senhor Costa.

Ele sentou-se e tirou do bolso a fotografia da mãe de Jozef Sors. Mostrou-a ao rabino, que ajeitou os óculos com o indicador (que parecia um galho seco) e abanou a cabeça — não porque não a tivesse reconhecido, mas como um tique. O senhor Costa ficou a olhar para ele com os olhos despedaçados.

— Olhe com atenção. É muito importante. Essa fotografia é um candeeiro. Tem de conseguir iluminar o mundo de um pintor que dorme debaixo do meu lava-loiças.

O rabino semicerrou os olhos e voltou a olhar para a fotografia. Ficou assim uns momentos, depois levou a mão aos olhos, levantando ligeiramente os óculos, e com o polegar e o indicador apertou a cana do nariz como se estivesse a espremer as suas memórias. Então, disse:

— Acho que esta senhora passou aqui há algumas semanas. O apelido dela era Sors.

O senhor Costa estava radiante. Era a mãe de Jozef. Só era preciso saber onde ela estava.

— Sabe onde ela está?

— Foi-se embora. Um alemão, o mesmo que a trouxe até esta casa, ajudou-a a arranjar um visto para os Estados Unidos. Talvez usando documentos falsos. Ela partiu em janeiro deste ano.

— E o alemão, quem era? — perguntou o senhor Costa.

— Era simplesmente um alemão. Cabelo castanho e olhos castanhos. Temo que o alemão louro seja praticamente um mito. O próprio Hitler tem dificuldades em ser louro.

— Não me pode dar uma morada?

— Não.

— E uma descrição desse alemão que vá para além da cor do cabelo?

— Bom, ele não tinha uma orelha.

— O alemão não tinha uma orelha?

— Não tinha a orelha esquerda.

OS MÉDICOS SABEM MUITO POUCO

O médico que diagnosticou uma retinite pigmentosa não sabia nada. Sors começou a melhorar das suas sombras, casacos sobre casacos, quando soube que a mãe tinha ido para os Estados Unidos. Foi nessa altura que decidiu pintar um retrato da dona Rosa.

— Já preparei a madeira. Usei a tampa de um caixote velho que estava na garagem.

— Vai ter cores? — perguntou ela.

— Vai ter cores.

Sors foi buscar os lápis para começar a esboçar o quadro.

— Sabe — disse Sors para a dona Rosa enquanto ela posava —, eu sempre acreditei numa árvore sem ramos. Podei tudo na minha vida, como fez o Gauguin. Sabia que ele abandonou a família para ir para Paris tornar-se pintor? Mas agora tenho dúvidas quanto a esse método ascético e ao "problema da dispersão e a lei de Andronikos relativa à árvore de Dioscórides". Tenho tido pensamentos contraditórios e alguma vontade de que a árvore cresça para os lados, com folhas verdes e vários ramos e, quem sabe, flores e frutos. Talvez me possa deitar num desses ramos a descansar ao fim da tarde.

E, pensou Sors, talvez me caia uma flor no cabelo, como acontecia ao coronel Möller.

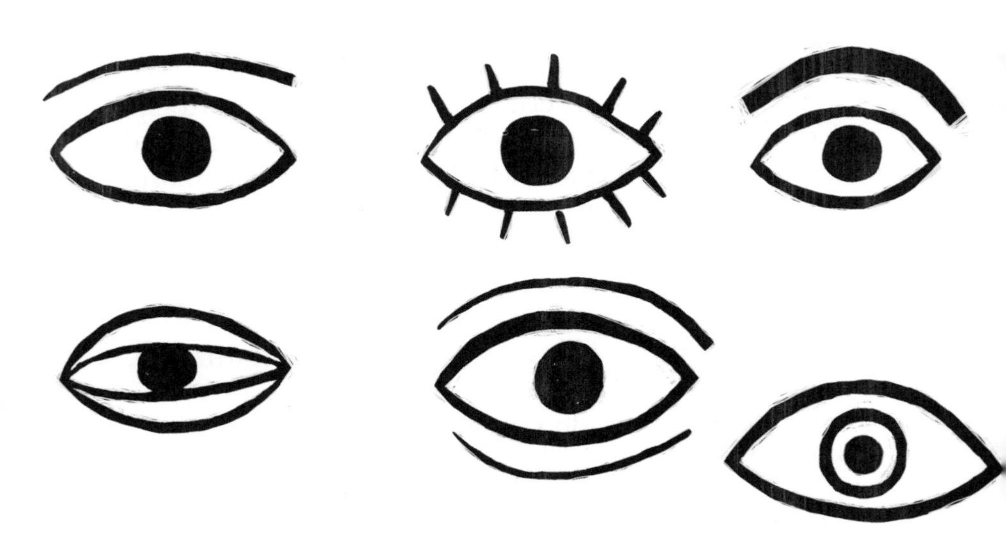

O MUNDO (MAIS OU MENOS) LUMINOSO

A viagem para Lisboa fez-se sem quaisquer problemas. O navio haveria de partir do cais da Rocha Conde de Óbidos num sábado. A dona Rosa ficou na Figueira da Foz a cuidar da loja. O senhor Costa assobiava enquanto conduzia e Sors folheava com frequência o seu novo passaporte falso. Ainda não acreditava que o fotógrafo lhe tivesse conseguido arranjar um visto para os Estados Unidos. O rabino da Casa de Refugiados dera uma ajuda inestimável, pondo o senhor Costa em contato com um excelente falsificador conhecido por Delacroix. O visto não fora tão fácil. Só depois de o tentar obter de inúmeras maneiras, o fotógrafo se lembrou de pedir ajuda a um dos seus irmãos que era inspetor de casinos. Ele conhecia todas as pessoas certas. O visto foi concedido uma semana depois.

O mar estava calmo quando chegaram ao cais e Sors, depois de sair do carro e ajeitar os colarinhos (irremediavelmente assimétricos), encostou-se ao carro a fumar. Quando tirou o isqueiro do bolso caiu um cartão. Já não se lembrava dele. Era de Klara. Irei visitá-la, pensou Sors. Talvez ainda seja possível construir uma pequena casa, num dos ramos da minha árvore. Para descansar ao fim da tarde e colher as flores que caem nos cabelos.

O sol batia-lhe na cara e Sors semicerrava os olhos. Estava alegre, ou seja, distraído: tinha-se esquecido da infelicidade em que vivia. O mundo parecia mesmo luminoso.

— Espero que encontre a sua mãe — disse o senhor Costa.

— O coronel Möller tinha a minha morada. De certeza que ela contactará o Matej Soucek.

— Teseu decidiu matar o Minotauro e o pai disse-lhe que, se saísse vitorioso, deveria erguer velas brancas no seu barco. Teseu, no meio de tanta felicidade, esqueceu-se de mudar as velas e o pai, ao avistar o navio, pensou que o filho estivesse morto e atirou-se para o mar, afogando-se. Não teme algo parecido?

— Não pensei nisso. Acha que a minha mãe, ao falar com o Matej, pode pensar que morri? Ele sabe que voltei a Bratislava, e o fato de ainda não ter voltado poderá indicar o pior, mas a minha mãe — o senhor não a conhece — não deixa ninguém morrer à sua volta. Porá as minhas roupas sentadas à mesa até eu chegar. Nunca faria nenhuma loucura além desta.

— Nem eu imaginaria isso, Sors. Mas essas coisas podem ser mais complexas. Se ela souber que viajou para Bratislava e ainda não voltou, não será legítimo imaginar que ela fará o mesmo: ir a Bratislava para o procurar a si? E nesta altura, aquela zona da Europa, como sabe, não é um lugar aconselhável.

— Está a pôr-me nervoso.
— Não era minha intenção.
— Mas acho que não. Ela não voltaria a Bratislava. Consigo vê-la a sorrir e a fazer-me o jantar todos os dias, à espera. Eventualmente, sentará umas calças minhas na cadeira da cozinha. É assim que ela é.
Os dois abraçaram-se.
Sors caminhou para o navio e o senhor Costa ficou a ver aquela figura esguia, com uma pequena mala, a afastar-se. Sors voltou-se para trás uma única vez, antes de começar a furar a multidão que cercava o navio. Levantou o braço e acenou. O fotógrafo fez o mesmo. À distância a que estavam um do outro não conseguiam reparar nas duas ou três lágrimas que lhes escorriam pela cara.

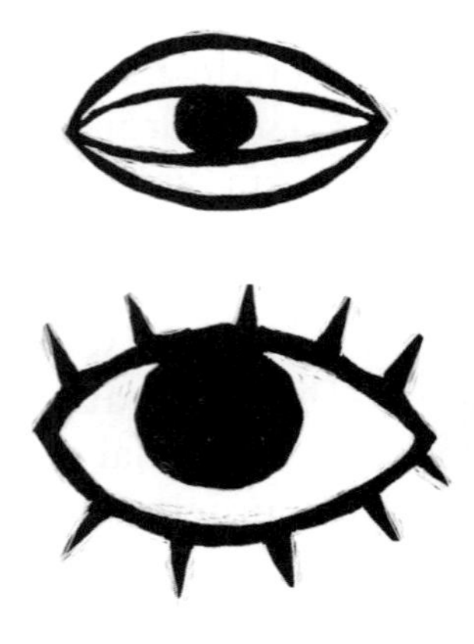

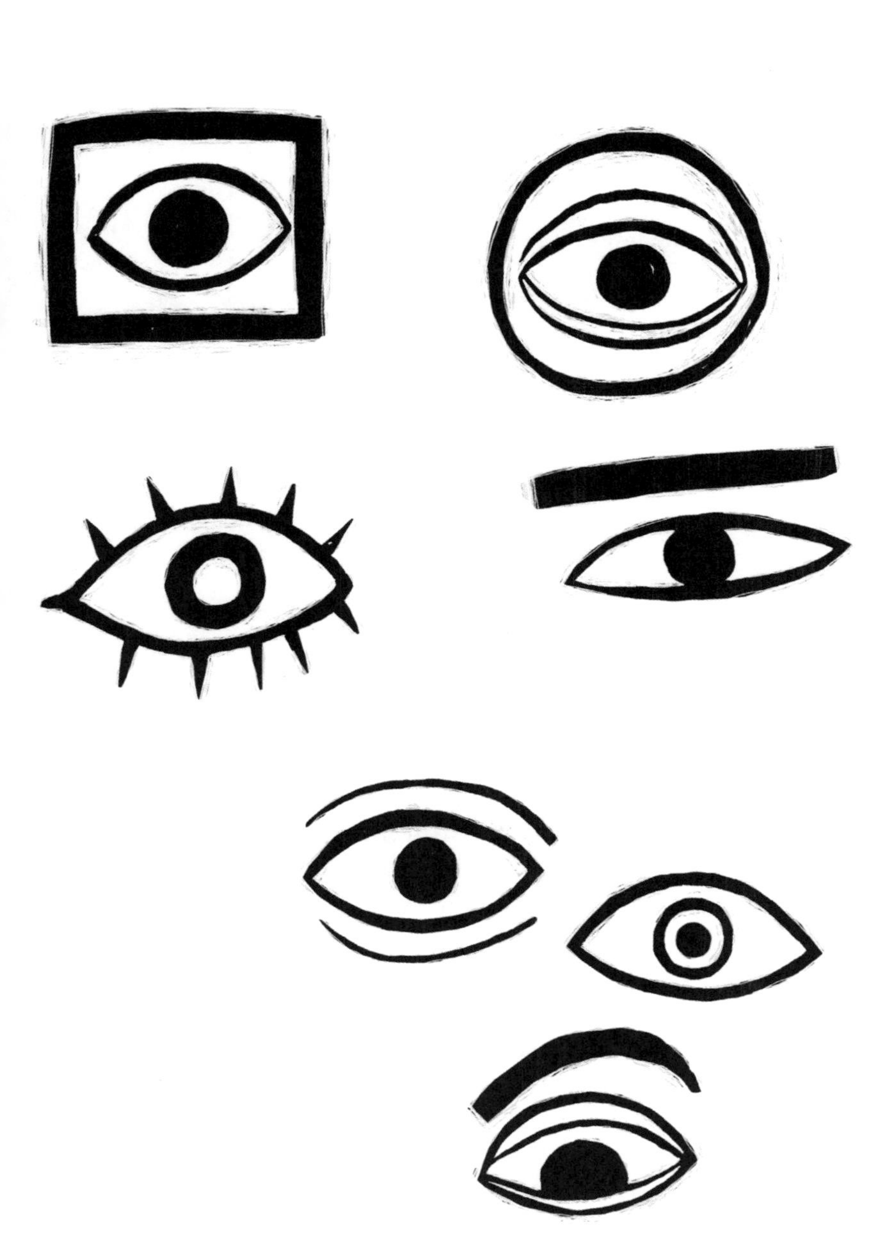

EPÍLOGO

Esta história foi baseada num caso que aconteceu com os meus avós: um pintor refugiado que dormia escondido debaixo do lava-loiças. O verdadeiro nome do pintor era Ivan Sors, e não Jozef. Mudei-lhe o nome próprio porque não conheço a história de Ivan Sors, para além do seguinte resumo: nasceu em Bratislava em 23 de novembro de 1895, e em 1929 ilustrou um livro sobre tolerância religiosa. Nessa altura Sors vivia nos EUA, pois a edição desse livro é americana. Não sei por que voltou a Bratislava ou pelo menos à Europa, mas em 1940 (os quadros estão assinados e com data) estava em casa do meu avô e dormia debaixo do lava-loiças. Pintou realmente uma crucifixão e um grande retrato da minha avó Rosa vestida de minhota. Esse quadro, que hoje tem muitos furinhos porque o meu pai e o meu tio se divertiram a atirar-lhe setas, ainda está pendurado à entrada da casa dos meus avós. Sors morreu nos EUA em 1950, o que significa que conseguiu voltar.

Crucifixão, por Ivan Sors

A descrição da família dos meus avós, da criada sem um dedo, do crocodilo voador, do jardim zoológico, da casa, da loja de fotografia, da casa escavada na árvore e de vários outros acontecimentos, lugares e histórias, são memórias verdadeiras. Julgo que todos nós, olhando para a vida dos nossos antepassados, encontramos histórias que dariam histórias. Esta, a do pintor refugiado, foi uma das que, em criança, quando a ouvi pela primeira vez, mais me impressionaram.

Os meus avós, bem como quase toda a família, sempre tiveram inclinação para ações semelhantes a esconder pintores debaixo de lava-loiças. O meu avô chamava-se Afonso Costa Cruz (era afilhado de Afonso Costa) e foi preso três vezes durante o Estado Novo. O pai dele dizia que temia mais uma corrente de ar do que uma espingarda. Tinha razão, porque morreu com uma pneumonia, e não nas lutas revolucionárias em que se envolveu no princípio do século XX. O irmão mais velho do meu avô, um pioneiro da aviação, lutou ao lado dos republicanos em Monsanto, contra a Monarquia do Norte. Foi baleado nessa altura e esteve escondido durante dias dentro dum forno de padeiro. Outros irmãos do meu avô eram menos dados a aventuras: Emanuel Cruz era um poeta que caminhava com as mãos atrás das costas, desenhador e músico (tocava guitarra e violino), mas trabalhava na Câmara e vivia num quarto alugado. O seu espólio poético está todo escrito em faturas e recibos. Incluindo o próprio testamento, que foi escrito em versos. Diziam que era o mais inteligente dos quatro, mas que tinha a alma completamente desarrumada. Outro dos irmãos, António José de Almeida

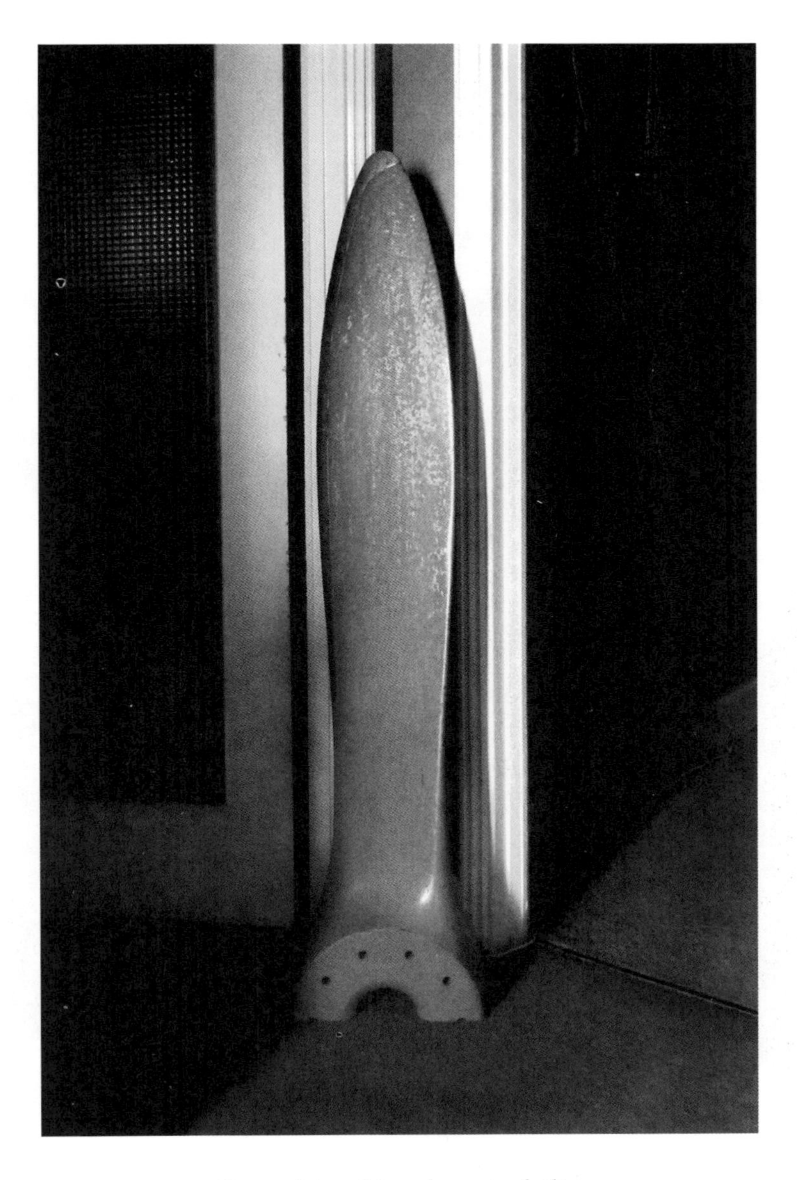

Bengaleiro feito de meia hélice

O dente de hipopótamo é quase tudo raiz

Cruz (afilhado de outro revolucionário), foi o mais burguês dos quatro: começou por ser futebolista (com relativo sucesso, chegando a jogar no Sporting) e desistiu da bola para ser inspetor de casinos (o futebol não dava dinheiro). A minha avó casou-se com o meu avô depois de ter enviuvado. O primeiro marido era um revolucionário. E a minha avó também: andava de carro com salvo-condutos, obtidos por intermédio de polícias simpatizantes, e a distribuir armas. Uma noite a polícia bateu à porta. O marido, que dormia com uma pistola debaixo da almofada, levantou-se, pegou na arma e disse que só abria a porta e saía dali depois de a minha avó se vestir (a minha avó tinha um prazer evidente em contar este ato de cavalheirismo, se é que se pode chamar assim). Rendeu-se, por fim, e foram os dois presos. A minha avó — que foi libertada de seguida — ficou com o filho de ambos nos braços, o Joaquim (que haveria de morrer relativamente novo, com tuberculose), e com uma vida muito complicada. Passados uns anos, o marido da minha avó voltou para casa. Quando ela abriu a porta, não o reconheceu. Tinha umas barbas compridas e estava tão magro que era como um cabide com um fato pendurado (palavras dela). Morreu pouco tempo depois de ter sido libertado. Soltaram-no para morrer. Soltaram-no como quem o prende para sempre. Estava muito doente e debilitado.

A minha avó morreu com 99 anos. Dizia que Deus se tinha esquecido dela. Foi praticamente um século a ver que a maior parte da bondade humana é pura maldade.

Enquanto procurava umas imagens para usar neste livro, encontrei, numa gaveta do meu avô, uma banda desenhada. Tinha sido feita por mim quando tinha uns onze ou doze anos e contava a história da chegada do homem à Lua. Tinha desenhos muito rigorosos de Neil Armstrong e de Edwin Aldrin e do terceiro astronauta, de cujo nome não me lembro. Quando descobri aquelas folhas A4, desenhadas a lápis, fiquei contente por saber que o meu avô as guardava. Não sabia que ele tinha orgulho nessas coisas. Ele não era muito expansivo. Para mim, o mais importante não foi o homem chegar à Lua, foi saber que eu tinha chegado até ao meu avô. Por vezes é uma viagem muito mais difícil: chegar a quem está perto.

Tinha o meu avô mais de setenta anos quando lhe foi dada a medalha de mérito da Figueira da Foz. Ele foi o primeiro a fotografar a cidade vista do ar, de avião. Provavelmente, agora dar-lhe-iam mais uma medalha por ser o primeiro a fotografar a Figueira da Foz vista do Céu.

Às vezes, deito-me no chão, como Jozef Sors, para que o meu avô me veja os olhos.

Não quero ser um neto assim:

Retrato da minha avó, por Ivan Sors

Principais obras do autor

Como cozinhar uma criança (2019) • Vamos comprar um poeta (2016) • Capital (2014) • Para onde vão os guarda-chuvas (2013) • O cultivo de flores de plástico (2013) • Assim, mas sem ser assim (2013) • Jesus Cristo bebia cerveja (2012) • A contradição humana (2010) • A boneca de Kokoschka (2010) • Os livros que devoraram o meu pai (2010) • Enciclopédia da estória universal (2009–2014) • A carne de deus (2008)

Publicado por acordo com Editorial Caminho, SA.

Editora
Renata Farhat Borges

Editora assistente
Lilian Scutti

Produção gráfica
Carla Arbex

Assistente editorial
Hugo Reis

Consultoria literária, prefácio e glossário
Susana Ventura

Revisão
Laura Moreira

Editado conforme o Acordo Ortográfico da Língua Portuguesa de 1990.
1ª edição brasileira, 2016 – 1ª reimpressão, 2022

Dados Internacionais de Catalogação na Publicação (CIP)
Angélica Ilacqua CRB-8/7057

Cruz, Afonso
O pintor debaixo do lava-loiças / Afonso Cruz ;
prefácio de Susana Ventura - São Paulo: Peirópolis, 2022.
180 p. : il.

ISBN: 978-85-7596-373-9

1. Literatura juvenil 2. Literatura portuguesa 3. Filosofia 4.
Identidade 5. Imigração 6. I Guerra Mundial
I. Título II, Ventura, Susana

16-0327 CDD 028.5
Índices para catálogo sistemático:

1. Literatura portuguesa

Também disponível na versão digital em formato ePUB: ISBN 978-85-7596-429-3

Editora Peirópolis Ltda. | Rua Girassol, 310f | Vila Madalena | 05433-000 | São Paulo/SP
tel.: (55 11) 3816-0699 | vendas@editorapeiropolis.com.br | www.editorapeiropolis.com.br

MISSÃO

Contribuir para a construção de um mundo mais solidário, justo e harmônico, publicando literatura que ofereça novas perspectivas para a compreensão do ser humano e do seu papel no planeta.

A gente publica o que gosta de ler: livros que transformam.